ダッシュエックス文庫

異世界ラクラク無人島ライフ
～クラス転移でクラフト能力を選んだ俺だけが、美少女たちとスローライフを送れるっぽい～

神津穂民

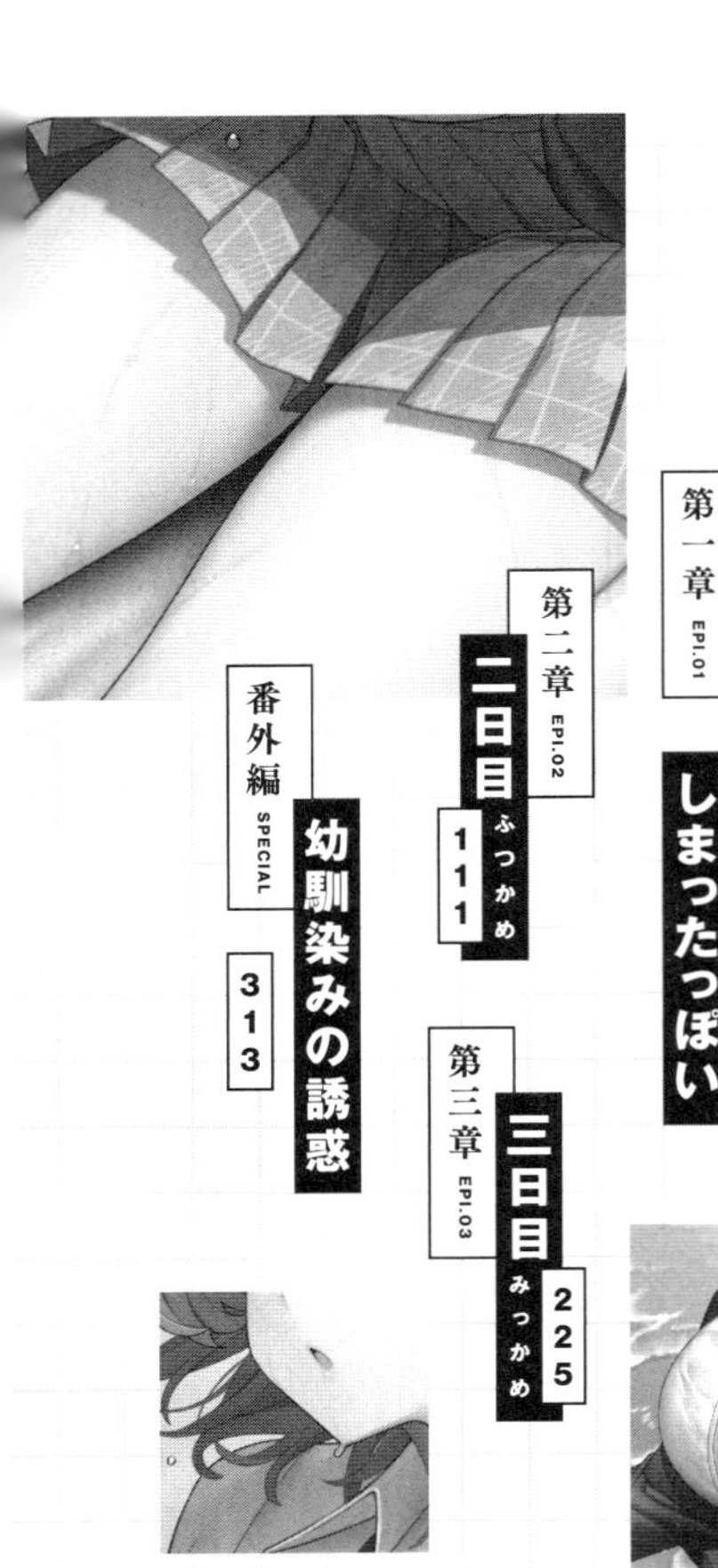

CONTENTS

序章 PROLOGUE 無人島に何か一つ持っていくなら？ 007

第一章 EPI.01 無人島に転移してしまったっぽい 016

第二章 EPI.02 二日目 ふつかめ 111

第三章 EPI.03 三日目 みっかめ 225

番外編 SPECIAL 幼馴染みの誘惑 313

KAMIZU HOTAMI

presents

Illustration by GIUNIU

ISEKAI RAKURAKU MUJINTOU LIFE

序章 PROLOGUE 無人島に何か一つ持っていくなら？

ISEKAI RAKURAKU MUJINTOU LIFE

KAMIZU HOTAMI presents
Illust. by GIUNIU

『無人島に何か一つ持っていくなら？』と、黒板に書いてある。

――あ、これ夢だな。

そう気づく夢を、たまに見ることはないだろうか。今日の夢がまさにそうだった。

真っ白な空間に机と椅子が並び、我らがA組の面々が欠けることなく揃っている。

床も天井も窓も扉も壁もないが、黒板はあるようだ。その黒板に、先程の文言が記してある。

「なにこれ？」「教室？」「つか白すぎんだろ」「……夢、か？」

クラスメイトたちの反応は様々だが、やけにリアルに感じられた。

どれもこれも、その人物が言いそうなフレーズ、その人物がとりそうな仕草なのだ。

夢の中に知り合いが出てきても、人格や関係性が現実とまったく違うなんてことは珍しくないが、この夢はリアリティ重視らしい。

「そうくんは何にする？」

俺の席までやってきてそう問うのは、幼馴染みの医山千癒だ。

肩までの白い髪に、宝石のような青い瞳。

やや小柄だが、その胸部は凄まじい存在感を主張している。

表情にはあまり変化はないが、内面は意外と冗談好きだったりする少女。

幼稚園からの付き合いで、高校生になった現在でも親交がある。

俺の名は工野創助。創助だからそうくんというわけだ。

「……夢でも乳がデカイな」

どうせ夢なので、普段はデリカシーとして言わないことも言ってしまう。

すると、本物の彼女さながらに、無表情ながら冷たいとわかる視線が飛んできた。

「えっち」

「す、すまん」

思わず謝罪の言葉が出る。

この夢はリアルすぎて反応に困るな……。俺も、いつも通りを意識した方がいいだろう。

「え、ええと。それで、黒板の件だっけ？」

「そう。何を持っていく？」

まぁ、よくある話題だ。少なくとも、十数年生きてれば何度か遭遇する類いの仮定の質問。

同種のものだと、宝くじで一等が当たったら何をするかとか、生まれ変わったら何になりたいかとか、有名人と付き合えるとしたら誰と付き合いたいかとか、そんなところだろう。

俺は一応、クラスメイトたちの方を確認する。

「スマホでしょ」「わかる～」「虫除けかな」「あ、じゃあうち日焼け止め～」「あはは、それなら水着も必要じゃん?」「飛行機。それ乗って日本に帰還する」「操縦できんのかよ」「コーラ」「俺はポテチ持ってくから、分け合おうぜ」「釣り竿。食料確保は大事だからな」

と、思い思いのアイディアを口にするクラスメイトたち。たかが雑談なのだから口を挟むようなことではないのだが、たった一つしか選べないのにそれでいいのだろうか。

一応、しっかりと考えている者たちもいるようだが……。

「ライター」火起こしは素人が思っているより大変と聞く。遭難初期にライターがあれば助かるだろう。燃料が切れるまでに火起こしを習得するという手もあるし。

「銃だな」対人戦まで想定した上での武力としては有用だろう。

だが使い手の腕や銃の種類、弾丸の種類や数だとか、懸念点もある。たとえばリボルバーで六発のみ、かつ補充なしとなると、たった一つのアイテムに選ぶには適さない気もする。

持っていることそれ自体を武器とする、抑止力のような使い方はできるだろうが、獣などに遭遇したらすぐ使い切りそうだ。いや、その場合は別の武器を使うのか?

「ナイフ。無人島では万能アイテムになる」

これは王道だ。サバイバルナイフや鉈を挙げている者もいるが、どれも大変役立つだろう。石から刃物を創るなんて話も聞いたことがあるが、これまた素人が簡単にできるものではないだろうし。

「鍋」「食器」「フォーク。食うにもよし、刺すにもよし!」

これも気持ちはわかるのだが、俺としては優先度が高くない。文明人らしい生活よりも、まずは生き残りを考えたいところだ。

様々な意見を耳にし、俺はようやく幼馴染みの問いに答える。

「俺が持っていくのは」

「……持っていくのは？」

「――クラフト能力だな」

「……それ、あり？」

幼馴染みのジト目が、俺に向けられた。

「現実にあるもの、という縛りが質問内にないいんだから、ありだろ」

まぁ、空気が読めていない回答なのは理解している。

もし友人たちとの会話で出てきたら、「ナイフ」あたりを口にしたはずだ。

だが、気心の知れた幼馴染み相手ならば、素で応じてもいいだろう。

「そういうことなら、わたしは――治癒魔法にする」

「あー、それはいいな。薬もないいんじゃ、風邪で死ぬ可能性もある。怪我や病気を不思議パワーで治せるのは強いぞ」

「そうくんの命は、わたしが救う」

千癒が拳をグッと握り、すべすべふにふにの腕を天に突き上げた。

「嬉しいけど、お前の想像の中で、俺は命の危機に瀕してるっぽいな……」

備えとしての治癒魔法は素晴らしいが、そのお世話にならない健康生活を送りたいものだ。

「なになに？　そういうのもアリなわけ？」

俺と千癒の会話に入ってきたのは、金髪サイドテールのギャルだ。

喚阿召子。

オタクに優しいギャル……というより、誰にでも分け隔てなく接するコミュニケーション強者ギャルである。大胆に開かれた制服のボタン、胸元の隙間から覗く豊満な胸と柔肌に、どうしても目を引かれてしまうが、鋼の精神でそれを引き戻す。

「あはは、今日も見たな～？」

まぁ、相手にはバレバレなのだが……。とはいえ、どうせバレてるからとガン見すると彼女だけでなくクラス内で好感度が下がるので、やはり逸らすくらいのデリカシーは必要だろう。

「まぁ、それは置いておいて」

「置いておくなよ～」

俺の誤魔化しに、彼女はからからと笑う。

「では、正式に謝罪させていただく」

「今度は大げさだし！　――って、胸はもういいから！」

そっちが指摘してきたのではないか、とツッコむのは野暮というものだろう。

「不思議な力を持っていくのはアリって話だったか？」

「そうそう！　それがアリなら、あたしも欲しいのあるんだよね」

「へぇ。どんな能力だ？」

「この前、工野にオススメされたマンガ読んだんだけどさ、あれに出てきた白いもふもふを連れていきたいんだよね」

そういえば、昼休みにスマホでマンガを読んでいたら喚阿が「何読んでんの？」と寄ってきたので、タイトルを教えたのだったか。別にオススメはしてないが、彼女も読んだようだ。

「ん？　あぁ、フェンリルか。異世界ものによく出てくるよな。格好いいからいいけど」

「それそれ、フェンリル。もふもふしたい」

「でも、生き物は『一つ』と数えないんじゃないか？」

くだらないこだわりだが、こういうのはフレーズ内の穴を突くのが楽しいのであって、フレーズを無視すると冷めてしまうのだ。

一つという言葉が使用されているのなら、それが適用できるものという縛りでいきたい。

「なら、もふもふ召喚能力」

「あはは、なるほどな」

喚阿は俺の指摘に気を悪くすることなく、即座に対応してきた。

フェンリルを直接連れて行くよりも便利になっていて、思わず笑ってしまう。

喚阿が乗ってきたからか、話を聞いていた周囲の陽の者たちも能力大喜利に参加し始める。

「海水で髪がごわごわしない能力」「食べても太らない能力～」「無人島ならむしろ、食べ物を生み出す能力の方がよくない？」「……死なない能力」「虫とか獣とか他人とかが入って来られない結界を張る能力」「最後の二人、暗いぞー？」

……それにしても、随分と長い夢だ。

まさか全員が持っていくものを決めるまで続くんじゃないだろうな。

そんなことを考えながら、ふと黒板の方を見てみると、俺は妙なことに気づいた。

「なぁ、千癒」

「なに、浮気者」

「誰がだ」

そもそも、千癒とはそういう関係ではない。

こういう嫉妬心を見せられると勘違いしてしまいそうになるが、可愛い幼馴染みが冴えない自分のことを好きでいてくれるなんてのは、マンガ読みの幻想なのだ。ていうか、これは夢だし。

「それで、どうしたの？」

「いや、黒板に、なんか変なもんが……」

『正』の字である。それが七つと、三画目までのものが一つ。

まるで、数を数えているみたいだ。三十八、か。何の数字だ？

「お前は何にすんだよ、早く答えろよ」「……くだらない夢だ」「はぁ？　こっちのセリフだっつの！」「ちっ……。なら、転移能力だ。これでいいか？」

やや苛立った様子の男子数名の会話が聞こえてくる。

「……あ、増えた」

その直後、千癒が思わずといった調子で呟く。俺は嫌な予感がして、黒板に視線を向ける。

書きかけの『正』に、四画目が加わっていた。

「まさか、『回答した人数』か？」

クラスメイトは四十名。この夢では全員が呼び出されている。

「そう、かも。あと一人、答えてない子がいる？」

というかこの夢、やっぱりリアルすぎないか？

俺以外にもこの状況を不審がっている者や、夢だと考える者も増えてきた。

俺が見ている夢というより、クラス全員で一つの夢を共有しているといった方が、しっくりくるような……。いや、そんなわけはないのだが。

――その時は、唐突にやってきた。

八つ目の『正』が書き終わる。

『全員の回答を確認しました。転送を開始します』

その黒板の文字に気づいた者は、どれだけいただろう。

何故、そうしたのかはわからない。俺は咄嗟に千癒に手を伸ばした。

「千癒！」

彼女の手を強く摑む。

次の瞬間、教室全体が真っ白に染まり、俺は目を開けていられなくなる。

どれくらい経っただろう。ようやく目を開けられるようになった時。

「…………これもまだ夢、だよな」

目の前には、青い海が広がっていて。俺は——砂浜に立っていた。

呆然とする俺だったが、すぐに右手の感触を確かめる。

「……無人島？」

その手は幼馴染みに繋がっており、千癒は俺の隣に立っていた。

首を回すが、背後には森が広がっているだけで他のクラスメイトたちはいない。

照りつける太陽も、髪を煽る潮風も、耳に心地よいさざ波も、踏みしめる砂の感触も、とんでもなくリアルだ。千癒の手だって柔らかく、温かい。

馬鹿みたいだとは思うが、マンガで一万回は見たような方法で、確かめてみる。

頬をつねる、というやつだ。

「あぁ、くそ……痛いじゃないか」

俺たちはどうやら、本当に無人島に転移してしまったようだ。

第一章 EPI.01 無人島に転移してしまったっぽい

ISEKAI RAKURAKU MUJINTOU LIFE

KAMIZU HOTAMI
presents
Illust. by GIUNIU

白い空間での出来事は単なる夢ではなく、俺たちは無人島に転移してしまった。

千癒と一緒なのは不幸中の幸いだが、これからどうしたものか。

「そうくん……」

千癒の表情は変わらないが、幼馴染みの俺にはわかる。今は不安でたまらないだろう。

普通の高校生が急に見知らぬ場所に転移したら、気が動転するのは当然。俺だって、精一杯冷静でいようとしているだけで、千癒がいなかったらパニックになっていたかもしれない。

「大丈夫だ、千癒。何があっても俺が――」

「これってクラス転移?」

バラエティだったら大げさにズッコけていただろうというくらいに、気が抜ける。

「うん、千癒はやっぱり千癒だな」

この幼馴染みがパニックになっている姿は、想像がつかない。

と思ったら、先程から繋いだままの手を、千癒がぎゅっと握り締めてくる。

「嘘。わたしも怖い。そうくんがいてよかった」

「……あぁ。二人で、この状況をなんとか乗り越えよう」

「うん。取り敢えず、状況把握から」

「だな」

まずは所持品確認。これは一瞬で終わった。

制服と上履きのみ。ポケットの中は空だしカバンもなければスマホもない。

次に、ざっくりと周囲を散策。森の中に踏み入るのは、遭難の危険があるので避けた。

俺たちが転移したのは砂浜で、見える範囲に他の島などは存在しない。

太陽は一つで、空は青く、雲は白い。

太陽が二つあったりしたら異世界か異星確定だが、そのあたりは判断がつかない。

誰とも遭遇しなかったが、おそらく他のクラスメイトたちも転移していると思う。

「そもそも、無人島じゃないって可能性もあるしな」

「希望を持つのはいいこと。でも、多分無人島で合ってる」

「いや、まぁ、俺もそうだとは思うけどさ」

あれは夢ではなくて、俺たちは黒板に書いてあった質問に回答し、そのまま無人島に飛ばされたのだ。そう考え受け入れたほうが、ずっと話が早い。

もちろん、お決まりの動揺を見せることはできる。

夢だと頑なに信じたり、テレビ番組の収録や、もしくは誘拐を疑ったり。

だが、俺と千癒は、冷めた現代っ子であるとか、異世界コミックに慣れ親しんでいるとか、そんなのとは違うところで、この状況を受け入れていた。

理由は単純――能力が使えるのだ。

砂浜探索中のこと。

上履きの中に小石が入り込み、それを嫌な角度で踏んだため、俺は足を怪我(けが)してしまった。

上履きと靴下を脱ぐと、足の裏には血の滲(にじ)みが。

「『治癒(ちゆ)魔法』――初級治癒(ヒール)」

千癒がそう口にした瞬間、俺の傷口を光が包み――あっという間に治ってしまったのだ。

「え!?　千癒、今のって……」

「ん。謎黒板、しっかり能力はくれたっぽい」

「すごいな……!」

「照(て)れる。そうくんの方は、どう?」

俺たちをこの島に飛ばした存在。千癒が謎黒板と呼ぶので俺もそれに倣(なら)うが、とにかく能力の付与(ふよ)はしっかり行われたようだ。

にわかには信じがたいが、さすがに目の前で起こったことを否定しても仕方ない。

「そうか!　ええと、『クラフト能力』はどう使うんだ?」

意識を能力に向けた瞬間、その使用方法が頭に流れ込んでくる。

――『クラフト能力』

――大地から切り離された『物』を『アイテム化』することが可能。

──『アイテム』は『インベントリ』に収納することができ、また任意の位置に配置が可能。

──『インベントリ』内の『アイテム』は『クラフト』に使用可能。

──『クラフト』可能なアイテムは、『レシピ』を参照。

──『レシピ』の増やし方は、自分で探しましょう。

「な、なんだか色んな用語が入り混じってるな」

ゲームとかでザッと設定を説明されたりする時と同じく、すぐには覚えられない。

なので、ゲームと同じく、実際に挑戦して覚えることにした。

「なるほど、大体わかった」

要するに、『海』から海水はとれない。大地と繋がっているからだ。これは手で汲むのと同じで、すぐに漏れてしまうようでは切り離されたと見なされないようだ。

貝殻を容器にして試したところ、『アイテム化』に成功したらしく、スッと消えた。

『インベントリ』はいわゆる収納とかアイテムボックスってやつだな。

念じるとゲーム画面のようなものが視界上に生じ、『貝殻（小）×1』『海水（ごく少量）×1』と出た。

入れた時は一緒でも、アイテムとしては別枠のようだ。

一度アイテム化さえできてしまえば、出す時は『海水（ごく少量）×1』単体で出せる。

レシピは、作成物とその材料という形で表示されるようだ。

現在公開されているレシピは『石灰』『石鹸』『塩』『槍』『石のナイフ』『石の斧』『木の器』

『木のカトラリー』など、そう多くはない。

アイテム化したものだけで決まるわけではないようだ。

石灰や石鹸は、貝殻を入手したことで解放されたとして。塩は海水だろう。木は……森の方向を向いたりしたので、視界上には何度も映っている。石も同様。

槍についても、レシピを覗いたら材料が木と石と蔦と出た。

つまり――。

「俺自身が、それをアイテム化できる状況になれば、レシピが増える？」

より正確に言うならば、発見すればいい？

とはいえ、それだけでもなさそうだ。

レシピを構成するアイテムの内、半分は発見しないとダメとか、条件があるのかも。

もしくは、ゲームならばレベルや作成数によって解放されたり、そもそも特定のクエストをクリアすることでしか獲得できないレシピがあったり……。

いや、あんまりゲームや異世界コミック知識に頼るのもよくないが……。

無人島転移した人の著した本なんて売っていないのだから、現実には参考にしようがない。

取り敢えず、『塩』を生成してみる。

――『塩（ごく少量）』を生成しました。

――追加で『水（ごく少量）』を入手しました。

と視界に表示される。

なるほど、これは便利だ。

遭難した際の最重要アイテム、飲料水が楽に入手できてしまった。

それはさておき。

手のひらを指定して、『塩（ごく少量）』を配置。

塩の粒がいくつか、手のひらに乗っかった。

「……成功した？」

見づらいのだろう、千癒が首を傾げている。

「したけど、地味だな」

「そんなことはない。『クラフト能力』が使えるなら、すごく便利」

「元々、便利だと思って選んだ能力だしな」

無人島を生き抜く系のゲームでは、必ずと言っていいほど備わっている能力でもある。

まぁ、ゲームの場合はクラフト能力ではなく、主人公の工作技術という扱いだったりするが。

「取り敢えず、こういう時は水の確保？」

「それに関しても、この能力が使えそうだ」

「……まさか、海水から『塩』と『水』を分離させられる？」

声に抑揚はないが、長年の付き合いで彼女が驚いているのが伝わってくる。

「おう。アイテムって詳細も見られるんだけど、飲用可って書いてあるわ」

「……不純物も取り除いてくれるとか、さすがの能力」

「な！」

「あと、塩化ナトリウム以外はどうなった？」

「ん？」

「……いわゆる『にがり』」

「あぁ！　確かに……。でも、表示はないなぁ」

「使い手の認識による？　それとも弾かれる要素がある？　……ゲーム的に簡略化されている、とか」

「どうだろうなぁ」

たとえばゲームでは、武器屋で購入した武器が永遠に元の性能を維持するのが普通だ。

しかし実際は、武器は摩耗、損耗していく。修理するには金が必要になるはずで、それだって限度があるだろうに、ゲーム内では触れられない。

しかし、そんなことにいちいちキレ散らかすプレイヤーはいない。

妙なリアリティはゲームへの没入度を下げることに繋がりかねないからだ。

逆に、切れ味が落ちるなどの要素を組み込み、それを楽しさに繋げるゲームもあったりするが、それはその要素がゲームの楽しさに繋がっているため、プレイヤーが受け入れているに過ぎない。リアリティそのものが重要視されているわけではないのだ。

このクラフト能力だって、たとえばアイテムを化学式とかで示された場合、俺の頭はパンクしてとてもではないが能力を上手く使えなくなる。

つまり、『工野創助が使用することを前提としたクラフト能力』というのが正しいのだろう。

良くも悪くも、俺のための能力なのだ。

千癒の『治癒魔法』もそうだし、他のクラスメイトの能力も同じだと思われる。

「まぁ、それは必要になってから考えればいいじゃないか」

「たしカニ」

千癒が無表情ダブルピースをしながら言う。おそらくカニと掛けたギャグだろう。

男子がやったら白ける以外の末路はないが、可愛い幼馴染みがやると和む。

可愛いとは常に正義なのだ。

「水は作れるが、貝殻でやった時みたいに器が必要だ」

「取り敢えず、何が作れるか教えてほしい」

「だな」

俺と千癒は、互いに能力に関する情報を共有。

これが他人なら慎重にもなるが、この幼馴染みが俺を裏切ったり陥れたりするわけがないので、全面的に信用する。

千癒の方は、現在使える魔法が二つ。

初級治癒と浄化だ。

前者は、軽度の怪我や病状にのみ効く癒やしの魔法。

切り傷、打撲、擦過傷などは癒やせるが、たとえば切断された腕は繋がらない。

微熱を下げることはできるが、高熱を下げることは難しい。

だがこれは練度次第で変わるという。いわゆるレベル上げだ。

後者は、患部や一定範囲を除菌洗浄する魔法。こちらに上位互換があるかは不明。

浄化って治癒魔法なのか？　という疑問はあるが、おそらくこれも『医山千癒が使用することを前提とした治癒魔法』故のものなのだろう。

千癒は白魔導士をイメージしていたというので、それが反映されたのかもしれない。

「当面の目標は、骨折くらいは一瞬で治せるようになること」

とは千癒の弁である。頼もしいヒーラーになってくれそうだ。

「俺が作れそうなのはこんなもんかな」

拾った木の枝で、砂浜に作成できるもの一覧を書いていく。

「これを見る限り、そうくんは探索するほどレシピが増えそう」

「おっ、千癒もそう思うか？」

「ん。現状の情報だとそう推察できる。実際探索してレシピが増えなくても、別に損はない」

「だな。その場合は、俺たちの推測が間違っていたって事実が手に入る。探索自体も無駄にはならないしな」

「今のわたしたちに必要なのは、『水』『ご飯』『寝床』とか？」

「そのまま、優先度順だな。謎黒板の目的とか、日本に帰る方法も知りたいけど、そのためにもまずは生きないと」

「うん。延々と考えてても仕方がない」

俺たちはまず石と木の枝や流木を集め、『石の斧』『石のナイフ』『木の槍』などを生成。

また、千癒に「背負えるカゴがほしい」と言われて念じると、レシピに『木のカゴ』が追加された。

どうやらレシピ開放には、俺の認識なども影響してくるようだ。

早速生成して配置すると、木を薄く削いで格子状に編み上げたようなカゴが出来上がった。

「おぉー。すごい……あ」

「どうした、千癒」

千癒が、無表情のまま、しかしどことなくしたり顔で、俺を上目遣いに見上げる。

「『さすがです、そうくん』」

「ソシャゲや異世界モノで定番の、主人公上げはやめなさい。てか、俺は主人公じゃないし」

「でも、ちょっぴり嬉しいそうくんであった」

ま、まぁ、実際嬉しかったりする。

「千癒の魔法を次に受けた時は、こっちから言うからな」

さすが千癒、略して『さす千癒』を受ければ、俺の気持ちもわかるだろう。

「楽しみ」

そう言いながら千癒はカゴを背負い、アイテムを拾うべく砂浜を歩き出す。

その間、俺は石斧で海岸近くの木を伐採しようとしていた。

木を倒す方向を決め、斜め、水平、斜め、水平と斧を振っていく。切り口が半ばまで来たら反対側へ回り、先程よりも高い位置からまた斜め、水平と繰り返す。

やがて木が軋み、ミシミシと音を立てながら、最初に決めた方向へと倒壊。大きな音を上げ、葉が舞い、へし折れた枝が乱舞し、木がバウンドしながら、土埃を跳ね上げる。

「ぜぇ……ぜぇ……し、素人がいきなり挑戦するもんじゃなかったな」

斧を振るっている間も木片が飛び散ったりして危険だし、斧も何度か壊れたし、手の皮はずるずるに剝けて真っ赤だし、そもそも尋常ではなく疲れる。

大量の『木材』が欲しかったのだが、木の枝とか流木とかで稼いだ方がよかったかも。

いや、もう終わったからいいんだけどさ。

結果、『普通の木材×53』を手に入れることに成功。

「よし！」

それに、樹木丸々一本、そのまま『アイテム化』できることがわかったのも朗報だ。

『インベントリ』の容量も相当広いようで、一安心である。

それはさておき。なんでこんなに大量の木材が必要だったかと言うと……。

「そうくん、おつかれさま。格好良かった」

「お？　本当に？」

「うん。最初は腰が入ってなかったのに、だんだんとコツを摑んでいく感じ。ゲーマーの試行錯誤って感じで、すごくよかった」

「そ、そうか」

結構見られていたらしい。

千癒の方も、カゴに大量の貝殻。頑張って沢山集めてくれたようだ。助かる。

「魔法、かけるね」

「おぉ〜。頼むよ。というか、千癒の魔法ありきで無茶したとこあるから」

「ふふふ、わたしがいないと生きていけない身体になるといい」

「それ、使いどころ合ってるか？」

ともかく、初級治癒である。

手の怪我が治るだけでなく、全身の痛みや疲労感まで引いていくようだった。

「『さすがです、千癒様』」

「そうくんなら、治療費タダでいい」

「ありがたや〜」

笑いながら千癒を拝み、俺たちは再び海へ向き直る。

「『木の樽』を大量に生成。そして——海に配置……！」

ゴボボボ、と海中に設置された樽に海水が流れ込んでいく音が響く。

それらが満杯になったら『インベントリ』に収めていく。

これで大量の『海水』ゲットだ。

つまり、大量の『飲料水』と『塩』をゲットした、ということ。

これで、しばらく海から離れても大丈夫だ。

『木の水筒』も作成し、俺たちの手許に配置。水を水筒内に配置し、飲む。

「うん。美味いな。労働後の身体に染み渡る……」

ちなみにこの水筒は、筒状のやつだ。蓋を、本体の溝に嵌めて閉じるタイプ。

細かい作業を『クラフト能力』が担当してくれるので、非常にありがたい。

「……他の子たちは、苦労してるかも」

「……それなぁ」

あんまり考えないようにしていたが、『スマホ』とか『ポテチ』とか言ってた奴らは大丈夫だろうか。

謎黒板のやつが、ご丁寧に『ネットに繋がるスマホ』とか『ポテチ（一年分）』とかをくれるのならまだいいが、特別願っていない限りは、期待しない方がいいだろう。

それでいくと、俺との会話で能力系の話題を生んだギャル、喚阿召子は何人かの救世主かもしれない。

あいつのおかげで、能力を考えた生徒は多かった。

――まぁ、ここからの展開次第では、よくない方に作用するかもしれないが。

こういうお話に定番なのが、人間同士の争いだ。

こればかりは、定番を外れてくれるのを祈るばかりである。

「次は拠点？」

水休憩を終えると、千癒が尋ねてきた。

「あぁ。とはいえ、洞窟を探したりする必要はないぞ」

「……あ。そうくんの能力で、家も作れる？」

「そう！　樽もだが、大量の木材ゲットで拠点も作りたかったんだ」

「レシピは？　解放された？」

レシピ画面を開く。

「ええと……うん。『小屋』、だとさ……」

今のところ、レシピの解放条件は『素材をある程度発見すること』『素材を発見した状態で、そこから作れそうなものをイメージすること』だと思われる。

イメージしてもログハウスや木造家屋などは表示されないので、何かが足りないのだろう。

仮にログハウスを創るのなら、丸太が必要数に届けば解放されたりするのだろうか。

俺ががっかりしていると、千癒がグッと親指を立てた。

「がっかりする必要ない。無人島漂着一日目で、雨風凌げる拠点が手に入るとか、すごすぎ」

「そ、そうか。そうだよな。何事も一歩ずつだよな」

「うん。木を何十本も伐採すれば、いい家を作れるかもしれない。一日一本なら、一カ月くらいあればいけるはず」

「い、一カ月か……」

無人島で一カ月とは、随分と気の長い話だ。

「それまでは、狭い小屋で、身を寄せ合って暮らそう」

そう言って、千癒が俺の肩に、自分の肩をちょんっとぶつけた。

「……そう、だな。その、千癒、嫌じゃないか？　なんなら、木をもう一本伐(か)って――」

「問題ない」

「本当に？」

「……鈍感(どんかん)男」

「す、すまん」

ううむ……。もしかして、幼馴染みからの好感度は、俺が思っているより高かったのだろうか。

だとしたら、健全な男子高校生としては、非常に嬉しいのだが。

ひとまず、小屋で一緒に眠ることに関しては嫌ではないらしい。

「いい。古今東西(ここんとうざい)、幼馴染みヒロインは苦労するもの」

やれやれ、と幼馴染みが肩を竦(すく)める。

「ヒロインって、お前なぁ……」

またこちらが勘違(かんちが)いしてしまいそうになるフレーズを。

「ダメ？」

「……ダメじゃない、けど」

「そうくんも、やっとわたしの魅力に気づいたか」

ここでキザなセリフの一つでも言えればいいのだが、俺にはこのあたりが限界だった。

「あーはいはい……！　それより、そろそろ食料を探しに行くぞ」

「照れてる」

「一応銛も作れるけど、素人がなんだ……海に潜って漁をするのもなぁ」

強引に話題転換を試みると、幸い千癒は乗ってくれた。

「ここの海は澄んで見えるけど、潜水漁法はわたしも反対。素潜り、危ない」

「だな」

こんな状況なのだからリスクはどうしたって付き纏うが、だからこそとるべきリスクは慎重に選ぶ必要がある。

「取り敢えず、森の探索？」

「あぁ。俺が前を歩くよ。何か見つけても、千癒は触らないで俺に教えてくれ」

触れるのも危険なものだってあるかも。俺が被害を受ける分には千癒に治してもらえばいいが、彼女が魔法を使えないほどに疲弊したり意識を失ったりしたら大変だ。

それに、やはり心配だし。

「わかった。さすがそうくん、頼りになる」

「そんなに褒めても、男は調子に乗るだけだぞ」

と言いつつ、やっぱりちょっと嬉しい。我ながら単純だ。

「でも、後ろを歩くのは無理」

そう言って、千癒は小さな手を伸ばし、俺の手をぎゅっと握った。

「ち、千癒？」

「はぐれないように、手を繋いで歩く。隣を歩くから、後ろは無理」

「そ、そうか。はぐれないのは、大事だな」

努めて平静を装うも、俺は幼馴染みの小さくすべらかな手に、ドキッとしていた。

「ん。大事。それじゃあ、出発しんこう」

そして俺たちは森に入る。一応、この海に戻って来られるように、かつ迷わないように、石のナイフで木の幹に印（しるし）をつけていく。

「おぉ、これも定番」

「迷いたくないからやるけど、他の奴にもわかるのがな……」

俺たちの行動を知らせることにもなってしまう。

「わたしと二人きりがいい？」

「学校では良い奴だった人間が、こんな状況では悪い奴になったりするかもしれない。そんなのと遭遇（そうぐう）したくはないだろ」

「わたしと二人きりがいい？」

「……はいはい。お前と一緒なのは幸運だよ」

「こちらのセリフ」

「んぐっ」

千癒はこういうことをストレートに言うので、時々反応に困ってしまう。

実際のところ、こんな時だからこそ仲間を増やしたくなる気持ちもわかる。

だが俺と千癒は、二人だけでも生き抜くのに不足はない。

いや、それは言い過ぎにしても、足りないのは安定した食料確保の方法くらいだ。

あとは……武力だろうか。服とかの装備は、クラフト能力で作れるだろうし。

そんなことを考えながら、しばらく歩いていたのだが。

「千癒。なんか、こう、違和感がないか？」

「ん。森に入ったのに、そうくんが木の枝で聖剣ごっこをしていない」

「小学生の頃の話はしないでくれ」

幼馴染みとは互いをよく知る者同士。つまり、未熟な時や黒歴史なんかも知られているわけだ。

「冗談。わたしが気になるのは……虫がいない？」

「あぁ。日本だと、刺されると痒（かゆ）くなるくらいのイメージだけど、蚊（か）とかって危険なんだろ？」

やつら、病気を媒介（ばいかい）するのだ。

一応、まったく虫の類（たぐ）いがいないわけではなさそうだが……。

「それに、この森、涼しい」

「もっと言えば、めちゃくちゃ歩きやすいな」

人の手が入っていない森は、でこぼこの獣道（けものみち）、盛り上がった木の根、視界の悪さなど、様々なものが侵入者を阻（はば）む。だがこの森は、とても歩きやすく、過ごしやすい。

「創られた環境、っぽい？」

俺たちを転移させた謎黒板は、自分の創った無人島に俺たちを配置したのかもしれない。

あまりに過酷（かこく）な環境では、高校生が生き抜くのは難しい。

ただの森だって、転んで足を挫（くじ）いたり、木の枝や藪（やぶ）で怪我をしたりと危険だ。

「謎黒板の目的とか、力の規模とか気になってきちゃうから、考えるのはこのへんにするか」

先程、後回しにすると決めたばかりだ。

「ん。じゃあそうくん、キノコ見つけた」

「おぉ！　さすが千癒！　とるのは俺に任せてくれ」

俺はキノコの場所を教えてもらうと、一つ採取する。

インベントリによると、食べることが可能とのことだ。

「これは食えるみたいだ」

食えるとわかったので、全体の半分ほどをむしり取る。

キノコには詳（くわ）しくないが、採取する時は全部とらない方がよいと聞いた。

取り尽くして、もう生（は）えてこなくなって困るのはあとの人間たちなのだ。

まぁ、そんな気の長いことを言っている場合ではないかもしれないが。

その後、食えるキノコ、毒キノコ、食べられる野草、薬草の類い、食える木の実などを発見することに成功。がつんと食えるものはないが、これはありがたい。

浄化（ピュリファイ）で手を浄化してもらってから、二人で木の実をもしゃもしゃと食う。

「とんでもなく美味（おい）しい。空腹は最大の調味料」

千癒が巨乳をたぷん……たぷん……と揺らしながら歩いている。

「もう少ししたら、キノコを焼いて食おう」

「火はどうする？」

「木と蔦はあるから、クラフト能力で火起こしの道具を作れる」

「そうくん、チート」

「あはは、否定できないな」

その後、俺たちは、崖に突き当たった。

俺たちが崖の下にいて、見上げるという構図。

「のぼれそうにない」

「だな」

崖は垂直ではなく傾斜しており、下に入り込んでしまえば上からはこちらが見えないだろう。

「そうくん？」

じぃっと見ていると、千癒が声をかけてきた。

「あぁ、ここを拠点の候補にしようと思ってな」

千癒がぐるりと周囲を眺める。

崖下周辺は木も生えていないし、少し開けた空間になっている。

小屋を配置したり、焚き火をしたりするのに最適だ。

「確かに、人には見つかりにくそう？」

「そうそう。嫌か？」

彼女は首を横に振る。

「嫌じゃない。ではここが、愛の巣候補」

「愛の巣ってなぁ……」

この幼馴染みは真顔でこういうことを言うので、健全な男子としては対応に困る。

「獣と化したそうくんに、わたしは為す術もなく……」

「嫌がるお前を襲うわけがないだろう」

「さすがそうくん、紳士」

「どうも」

「……じゃあ、嫌がってなかったら？」

そんな質問に、心臓がドキリと跳ねる。

「い、いや、その……」

頬が熱を持つのがわかった。それを見て、千癒が満足そうに頷く。

「脈アリ」

「俺はどんな顔をすればいいかわからんよ……」

本気を出したこの幼馴染みには勝てない、ということはわかりきっているのだが。

千癒は大事な幼馴染みで、親友で、とても魅力的な女の子だ。

今以上に親しくなれるのならとても嬉しい。これは本音。

「取り敢えず――」

千癒の腹が、ぐぅと鳴る。

「キノコを焼いてほしい」

正直、空気が変わったのは助かった。俺は苦笑して、準備を始める。

「そうしようか。千癒も手伝ってくれ」

「もちろん」

早速、俺はクラフト能力で『ヒモギリ式火起こし器』を生成。

火起こし器は、ヘコみのついた長方形の木材、ヘコみにいい具合にハマりそうな木の棒、充分な長さの紐(ひも)、棒の先端を押さえるのに最適な窪(くぼ)みのある石で構成されている。

それと、道中見つけた石や岩などは『インベントリ』に収めていたのだが、それを使用して、巨大な石畳(いしだたみ)を作成。

六畳ほどの石畳を配置する。その上に、火起こし器も配置した。

作業する上で地面に腰を下ろす必要があるのだが、こんな場所だと土だらけになってしまう。

そんなわけで、汚れない床が欲しかったのだ。

千癒と二人、石畳に上がり、腰を下ろす。

「そうくん、これが火起こし器？」

「そうだ。これは二人でやるやつな」

「興味深い」

まず、ヘコみのついた長方形の木材を石畳の上に配置。棒の先端をヘコみに合わせ、逆側の先端は石の窪みで押さえる。

そして蔦でできた紐を棒に巻き、左右に引いて回転させる。この時、木材は足などで固定。紐の両端は左右の手で引くので、石を押さえる分の人手も必要になるのだ。

「取り敢えず、俺が紐をやってみるよ」

「お願い」

指示通りに、足で木材を固定する千癒。

彼女はスカートなので、その中の白い下着が丸見えになってしまうが、気にした様子はない。

俺はそちらを意識しないよう気をつけながら、紐を引いて棒を左右に回転させていく。

最初は紐がズレたり棒が外れたりしたが、十分としない内に感覚が掴めてきた。

やがて木材から煙が上がってきたので、棒を外し、繊維状に生成した木の綿に火種を入れる。

適当に薄い木の板を生成し、うちわ代わりにして風を送ると——火がついた！

「おぉ！」

家のコンロなら一秒で点くような火が、この無人島では感動的なまでにありがたい。

「さすがそうくん……！」

千癒も珍しくテンションが上がっている。

薪を生成し、慎重に火を育てる。結構早くできたと思うが、妙に疲れた。

「おつかれさまの初級治癒」

白い光が俺を包み、疲労感や手の痛みがとれていく。

「さすが千癒」

「そうくんだけに活躍はさせない」

「ははは、頼りにしてるよ」

「でも、本当にすごい。パンツ見られた甲斐があった」

「気づかれていたか……」

「女子は視線に敏感」

「すまん」

「許す」

生成した串にキノコを刺し、塩をかけて食べる。空腹だからか、とんでもなく美味かった。

◇

食後、俺たちは再び採集に取りかかり、木の実やキノコ、岩などをゲット。

この他、倒木をアイテム化したところ、大量の『木材』が手に入ったが、これは『普通の木材』の下位互換的な扱いを受けるようだった。名称も『粗末な木材』となっている。

薪や木製の道具類は作れるが、小屋の材料には使用できないようだ。まぁ、あって困るものではない。選別を考えるのは、『インベントリ』の容量に限界が見えてからでも遅くはない。

そして、例の崖下へと戻ってきた俺たち。

「取り敢えず、夕食と朝食もキノコ」

「だなぁ。一応山菜も手に入ったけど……天ぷらはまだ作れないし……」

ちなみに、『インベントリ』内は時間が経過しないという便利仕様。

なので、今の俺たちは、いつでも炙りたてキノコと新鮮な木の実が食べられる。

焚き火の燃えさしをアイテム化しようとしたところ、これは失敗。

『灰』自体はゲットできたので、『炎』はアイテム化できない、といったところか。

アイテムというより、燃焼という現象だから？

「和え物にもできるけど、それもやっぱり材料が足りない」

「一応、生で食えるものもあるみたいだけど」

「夕食で食べよ。栄養、大事」

「そうするか」

転移したのはこの島の朝の時間帯だったが、もうそろそろ夕方に差しかかろうとしていた。

「そろそろ、小屋出す？」

「あぁ、やってみよう」

俺は『クラフト能力』で生成した小屋を、崖下に配置。

瞬間、俺たちの前に山小屋とも納屋(なや)ともつかない、絶妙な木製の小屋が出現。

事前になるべく平らな場所を選んだので、大きく傾いたりもしていないようだ。

ちゃんとした小屋とは違うかもしれないが、ポンッと設置できる形の方が移動する際に『インベントリ』に収納できるので、そうした。穴を掘って基礎を作って……というのは『クラフト能力』ではどうにもならない部分だし、そこに労力を割(さ)くわけにもいかないので仕方がない。

「こんな秘密基地が欲しかった」

千癒が子供みたいなことを言う。だが俺は笑うことなく、大きく頷いた。

「わかる……子供の時にこんな小屋を見つけてたら、通い詰めてたよな」

わくわくしつつ、早速中に入る。室内は六畳ほどの空間だ。

一応窓も一つあるが、こちらも木製。観音開(かんのんびら)きで、当然ガラスなどは嵌まっていない。

いや待て、ガラスも『クラフト能力』で作れるのでは？

材料なんだっけ……砂と……石灰？　あとは……まぁいい。あとで千癒にも相談しよう。

「秘密基地には充分だけど、二人で暮らすにはちょっと手狭(てぜま)だな」

「問題ない。食事は外で食べるし、棚とかタンスは『インベントリ』があるから不要」

「そうか。家具が要(い)らないとなると、これくらいでも充分か」

千癒は前向きで助かる。

「ベッドもいらないけど、さすがに布団(ふとん)は欲しい、かも？」

「うーん、俺も同意見だが、今日採取したやつだと……これくらいしか作れなかった」

俺はそれを配置する。出したのは、ゴザのようなものだ。採取した大量の草から生成した。イ草を編んで創る、薄い畳みたいなやつである。

「ほうほう」

早速、千癒が横になった。

「布団もだけど、服の替えも欲しいよな。布……糸……繊維……。麻とか木綿とか？　この島にあるかな」

植物には詳しくないので、まったく見当がつかない。こんなことならサバイバル系のマンガで主人公たちが言っていることを、もう少し真面目に読み込んでおくんだった。

「取り敢えず、今日は身を寄せ合って眠るしかない。まったく、仕方のない展開」

千癒が横になった状態で、そんなことを言う。

「そう、だな……。でも風邪を引かないためにも、布団と服は早めになんとかしないとな」

「毛皮という手もある？」

「あぁ、羊毛とか？」

「カシミアも」

高級素材の名を口にする幼馴染みの瞳がどことなく輝いているように見えた。

「いるかなぁ、カシミアヤギ」

「そもそも、動物も見かけなかった」

「だよな。植生とか気候から場所の推定ができるような知識が欲しかった……」

「そうくん、そんなことができる高校生とか、基本いない」

「そりゃそうだが」

謎黒板も、高校生たちの地力を試したいのなら、一つとはいえ望むものを与えて転移させたりはしないだろう。

持っていく一つに何を選ぶか、選んだものでどう生き抜くのかが試されているのだろうか。

「ところで……そうくんは寝心地試さなくて、いいの？」

「うっ」

千癒が寝ているのに、俺が棒立ちしていることについに気づかれてしまう。陽の者なら、言われるまでもなく「俺も寝心地試しちゃお」とか言えるのかもしれないが、俺には無理だった。

「い、今はいいや。まだやることがあるから」

「そう」

幼馴染みはこくりと頷き、身を起こす。

「さっき動物の話が出たけど、一応獣避けとか作っておこうと思ってな」

「ほうほう」

「早速設置してくる」

動き出そうとする俺を見た千癒は立ち上がると、俺の耳元に唇を寄せた。

彼女の体温と柔らかな香りがグッと近づき、俺の心臓が高く跳ねる。

「じゃあ、夜にね、そうくん」

声は平坦なのに、まるで彼女の胸の内を表すかのように、その息は熱を帯びていて。

それが錯覚ではないことを、俺は離れた彼女の頬が赤いことで確信するのだった。

しかし彼女はこちらが何か答える前に、スッと小屋を出てしまう。

一人残された俺は、力が抜けたようにその場で屈み、深く息を漏らす。

「あー……やばいな」

幼稚園児くらいの頃は一緒に寝たこともあるが、遠い記憶だ。

それが高校生になって、小屋で二人で寝ることになるとは……。

普通の高校生活だったら、このような急接近はできなかっただろう。早く夜になれという気持ちと、まだ夜にならないでくれという気持ちがせめぎ合う中、俺も小屋の外に出た。

小屋を出た俺は、『クラフト能力』で石垣を生成。これは石を組み上げて作る壁だ。

『クラフト能力』の素晴らしい点は、石を組むところまで済ませてくれるところだ。

生成する際に規模を決め、それによって消費する『石材』の数が変わる。

小屋だけでなく、俺たちがある程度動き回れる程度の土地を含めて、ぐるりと囲む。

小屋の後ろは崖なので不要なのと、俺たちが出入りに使う一箇所は開けておく。

そこには、別途生成した『木の柵』を設置した。

片開きで、柱と柵の留め具に木板を差し込むことで施錠可能。この柱ばかりは埋め込みが必要だったが、『石のシャベル』が生成可能になったので、作業はそう難しくなかった。

「こんなもんか」

作業が終わると、千癒が「おー」と拍手（はくしゅ）してくれる。

「さすがそうくん。これなら侵入者を阻めそう」

「小屋も石垣も『インベントリ』に入るから、移動しても無駄にならない仕様だ」

柵は柱を埋めたことにより大地と繋がってしまったので、収納するには柱を引っこ抜かなければならない。場合によるが、これくらいならば置いて行ってもいいだろう。

ちなみに、生成物を収納した場合、即座に分解されたりせず、『小屋』『石垣』などと表示される。分解したい場合はそれも可能で、端材（はざい）やゴミになったりせず、使用した分の材料が戻ってくるという素晴らしい仕様だ。

ただ例外もあって、生成物自体が破損（はそん）していた場合は、その分が素材に還元（かんげん）されない。

この実験を行う中で、『インベントリ』のありがたい利用法を発見したりもしたのだが……。

「さすがそうくん、略してさすそう」

「どうも」

「というわけで、初級治癒（ヒール）」

大した疲れではないが、白い光のおかげでそれもスッと引いていく。

「さすが千癒、略してさすちゆ」

千癒が数秒ほど沈黙してから、口を開く。

「略さない方が嬉しい気がする」

「俺もそう思う」

まぁ、感謝の気持ちさえあれば、『ありがとうございます』が『アザース』になってもいいとは思うのだが。それでもやっぱり、丁寧な言い方をされる方が嬉しくなってしまうものだ。

「ところで千癒、能力使って疲れたりしないか？　使用制限とか」

こういうのは、初期はＭＰの枯渇とか、使用回数制限とかに悩まされるのも定番なのだが。

「今のところ平気。心配してくれて嬉しい」

「いや、大丈夫ならいいんだ。幼馴染みがチートで助かる」

「そのまま同じセリフを返す、ぜ。そうくんは大丈夫？」

「これが、まったく大丈夫なんだよなぁ」

不安になるくらいに使い倒しているのだが、能力の使用自体に疲労感などはない。

あとになって『能力は寿命を前借りする仕様です』とか判明したらどうしよう、とか少し怖くなるくらいだ。まぁ、考えても仕方ないのだが。

「それなら、どうしても作ってほしいものがある」

「なんだ？」

幼馴染みが、重大なことを告げるかのように、俺の目を見て言った。

「お風呂」

「あー……」

すっかり失念していた。

「難しい？」

「いや、家で使ってたような風呂は無理だが、ドラム缶風呂的なものならいけるはず」

「おぉ……！」

よっぽど嬉しいことなのか、目が輝いているように見える。

ドラム缶はないが、俺には石材と『クラフト能力』がある。

土台を作り、その上に石製の円筒を設置。中に円形の木板を設置するのも忘れない。

設置機能で中に水を満たし、あとは火起こしだ。再び巨大石畳と火起こし器を出現させ、千癒の堂々たるパンモロをチラ見しながら種火をゲット。湯を沸かしていく。

「千癒、湯が沸くまで見ておいてくれるか？」

風呂の近くに薪を配置し、彼女に声をかける。

「任せて」

グッと親指を立てた幼馴染みに風呂の番を任せ、どうせならばと火をもらって夕食用の焚き火も起こしておく。

俺はその近くに生成した丸太椅子（いす）を配置し、腰かけながら『クラフト能力』に集中。

レシピが結構増えている。

今回作りたいのは、石鹸だ。

色んな植物を採取した中で、なんと『油』のレシピが解放されていた。

植物油だ。だが、採取した植物の問題か『食用に適さない』と説明が入っている。

天ぷらへの道はまだまだ遠い。だがまぁ、少量でも手に入るのは助かる。

あとは、そこに『灰』『水』『石灰』を足せば、『石鹸』作成の材料は埋まった。

『石灰』は『貝殻』から生成したものだ。そういえばこの『クラフト能力』、土器などを含め、加熱が必要なものもサクッと生成してくれる。

だが一方で、キノコを自動で焼きキノコにはしてくれないし、水をお湯にもしてくれない。

キノコは『調理』の範疇で、湯沸かしは『クラフトではない』から、だろうか。

クラフトとそうでないものの境界線はどのあたりなのだろう。

これも今後探っていきたいところだが……。とにかく、石鹸の完成だ。

あともう一つ。俺は制服とワイシャツを脱ぎ、インナーを『インベントリ』に収納。

フェイスタオル状に形成し、手許に配置する。

吸水性はタオルに劣るが、身体を拭くことはできるだろう。

俺は制服とワイシャツも一度『インベントリ』に収納し、こちらはそのままの形で配置。

「これは思わぬ特典だな」

沢山の汗を掻き、森を探索したはずなのに、まるで洗いたてのように綺麗な状態で現れたのだ。

土汚れはごく少量の『土』素材として『インベントリ』に登録されたのだが。汗などに関しては不明。

海水から『塩』と『水』だけが生まれ、『にがり』が発生しなかったのと同じ現象だろうか。

『クラフト能力』が認識しないものがあるのか、それとも今後認識できるようになるのか。

とにかく、この能力で洗濯の手間を省くことができるのは、地味に有用だ。

「そうくん、温かくなってきた」

「おー、今行く」

俺は千癒のもとへ近づいていきながら、『クラフト能力』で木製の衝立を生成。

到着早々、石の風呂を囲むように配置していく。覗き防止というより、一応の配慮だ。

「そうくん、優しい」

それに気づいた千癒が、抑揚のない、だがどこか柔らかい声で言う。

「普通だろ」

「特別に、覗いてもいいよ」

「……やめとくよ。それと、石鹼を創ったから、使ってくれ」

湯を掬う木の桶と、石鹼を置く土器の皿も用意。

「石鹼……！　そうくん、愛してる」

千癒が石鹼を受け取り、宝物のように掲げる。

「そりゃどうも」

話の流れで冗談とわかるので、こういうのはサラッと流せる。

いや嘘、少しドキッとするが平静を装うことはできる。

「あとは……脱衣かご？」

「おう。あぁそうだ、これをタオル代わりに使ってくれ。あと、着替えの心配は要らないぞ」

俺は元インナー現タオルを千癒に差し出しながら、服を綺麗にする方法などについて話す。

話を聞き終えた千癒だが、反応がない。地蔵のように固まってしまった。

数秒ほど待つと、彼女がガバッと抱きついてきた。

首に手が回され、彼女の豊満な胸部が俺の胸板に押し当てられる。

ほのかに鼻孔をつくのは、汗の匂いと、彼女の匂い。

「そうくん、天才」

「そ、そんなにか」

いや、俺だって、風呂に入ったあとに汗まみれの服を着直すのは嫌だ。

女子である千癒が、それを避けられたことを喜ぶのも無理はない。

「あ」と、何かに思い至ったように千癒が俺から離れ、頬を染める。「服を綺麗にしてもらえるのは、嬉しい。でも……一旦そうくんに見られるのは、ちょっと恥ずかしい。下着、とか」

確かに、その通りだろう。俺だって千癒に脱ぎたてパンツを預けろと言われたら恥ずかしい。

「ええと、なるべく見ないようにするし、直接触らなくても収納できるから、安心してくれ」

千癒が照れたように、俺を上目遣いに見上げる。

「……嗅がない？」

「嗅ぐか！」

思わずツッコミを入れると、千癒が珍しくフッと笑った。

「……じゃあ、被ったり？」

「するか！　幼馴染みがそんな変態だったら、千癒も嫌だろ」

「そうくんがどうしてもって言うなら、いいけど」

「……い、いや、嗅がないし被らないよ」

この幼馴染み、冗談にしても許してくれる範囲が広くて対応に困るな。懐が広すぎる。

俺は木製の脱衣かごを設置し、水を足せるように、木樽とそれを置く台を風呂の真横に設置。

木樽にはコルクの栓がしてあって、これを外すと水が出てくる。

「……そうくん、こんなに気遣い上手だった？」

幼馴染みは少し驚いているようだ。

「いや、この能力があると、つい色々作りたくなっちゃってな」

「……こんな紳士だとバレたら、モテモテになってしまう」

冗談のようでいて、どこか不安そうな声。

「日本に戻れたら能力もなくなるんじゃないか？　そしたら元の非モテ男子だよ」

異世界から地球に帰還する話だと、能力がそのままだったりもするので、使える可能性もゼロではないのか？　少なくとも、今考えるようなことではないだろう。

「そうくんの魅力は能力じゃない、よ」

「あはは、ありがとな」

俺はそれを励ましと受け取って、衝立の外へ出る。

「空の下で恥ずかしいかもしれないが、服を脱いだらカゴだけ外に出しておいてくれ」

「りょうかい」

ビシッと敬礼する千癒を確認し、衝立を持ち上げて、セット。これで俺からは見えない。

「……今のうちに、焼きキノコの在庫を増やしておくか」

『インベントリ』内は時間経過がないので、焼き立てのまま保存できるのが強い。

千癒の風呂は結構長かったが、『インベントリ』のおかげで退屈はしなかった。

途中、彼女が衝立の隙間から出した服を『クラフト能力』で清潔にし、カゴに戻したのだが、妙に緊張した。邪念を追い払うように、焚き火を眺めながら思考に沈む。

やはり、色んなものを作るためにも、なんでも採取しておいた方がいいだろう。

あとは、レシピ解放が俺のイメージにも左右されるようなので、知識を補ってくれる仲間がいたら、大変ありがたい。

他に必要なものといえば、武力や狩猟能力だろうか。

今の俺たちにも簡易な武器はあるので、対人ではある程度役立ちそうだが……。

狩猟と言えば、弓……は扱いが難しそうなので、クロスボウとか？

レシピが解放されないので、何かが足りないのだろう。

弦の素材って、自然界で手に入るものだと何を使うんだ？

まだ一日目だから我慢がきくが、肉を食べたい欲は日増しに強くなっていくことだろう。

だからって急に狩りができるとも思えないので、取り敢えずは……魚だろうか。

「そうくん、上がったよ」

気づけば、綺麗になった制服と靴を装着した幼馴染みが、風呂から上がってきたところだった。

濡れた白銀の髪は焚き火に照らされてキラキラと輝き、ほのかに上気した肌はドキッとするほどに艶めかしい。

「あ、あぁ、そうか。じゃあ、俺も入ろうかな」

「うん。これ、タオル」

彼女の肌を拭ったタオルが差し出される。咄嗟に受け取った俺だが、触れずに『インベントリ』に入れればよかったじゃないかとあとから気づく。気まずくなる前に、すぐさま収納。

これで再配置すれば、水気のない乾いた状態で出現する。

「夕飯、先に食べてていいぞ」

「そうくんはまだなの？」

「あぁ、能力のこと考えてた」

「じゃあ、待ってる」

「わかった。すぐ済むよ」

「幼馴染みの残り湯を楽しんで」

「お前はまた、そういうことを……」

言われたら意識してしまうじゃないか。

いつもからかわれてばかりなのもなんなので、俺は仕返しを考える。

「千癒なら、特別に覗いてもいいぞ？」

「わかってる。ちゃんと覗く」

「おい」

「わたしにもそうくんの服を貸してほしい。嗅いだり着たりする」

「誰が貸すか！　ていうか俺はお前の服を嗅いだりしてない！」

この幼馴染みに勝つのは無理かもしれない。俺は退散するように風呂に向かった。

宣言通りに覗きに来た千癒に対して悲鳴を上げたりがありつつ。

風呂を出て、千癒と夕食をとる。タオルは何度か収納と再配置を繰り返して乾かし、俺も千癒も髪の水分をしっかりとり、焚き火の力も合わせてちゃんと乾かした。

「こんな充実した無人島生活一日目、多分わたしたちだけ」

「俺もみんなの回答を聞いたわけじゃないけど、多分そうだろうな」

『食べ物を生み出す能力』を獲得した奴がいるはずなので、食事の面ではそいつに負けてるかもしれないが、生活の質に関しては俺たちが一番だろう。

そういえば、『飛行機』を頼んだ奴は、どんな機体が与えられたのだろうか。

一応、拠点として使用できそうではある。

「全部、そうくんのおかげ」

「お前の魔法ありきで頑張ったところもあるし、お互い様だろ」

「そうじゃない。あの時、手を摑んでくれた」

「あぁ、あれか」

手が触れていれば一緒に転移できると知っていたわけではないけれど。

咄嗟の行動が功(こう)を奏(そう)したとは言えるかもしれない。

「あの時は、まだ夢だと思ってたはずなのに。そうくんは、夢でもわたしを助けてくれる」

「……」

気づけば日は沈み、夜になっていた。

「そろそろ、寝よっか」

窺(うかが)うように、千癒が俺を見ていた。

「そ、そうだな」

ごくりと生唾(なまつば)を飲みながら、俺は頷く。

俺たちは、小屋の中、ゴザの上で隣り合って寝ている。より正確には、抱き合って寝ていた。

一応もう一枚ゴザを生成し、掛け布団のようにしてはいるのだが、ないよりマシ程度。

照明もなく、窓も閉めているので、室内は真っ暗。

互いの体温と吐息(といき)だけが、確かに感じられるものだった。

可愛い幼馴染みと一緒に寝ているだけでも緊張するというのに、彼女からはクラッとするような匂いが漂っているし、制服越しとはいえ柔らかな双丘(そうきゅう)がぎゅうっと押し当てられ、俺の胸板で形を変えている。こんな状況で、反応するなという方が無理な話。

　俺はなんとか、それが千癒にバレないよう祈っていたのだが。

「そうくん」

「っ……！」

　千癒が小声で俺の名を呼ぶ。

「晩ごはんは済んだのに、キノコを出してるの？」

　下ネタであった。男性が言って女性に嫌がられるタイプの、下ネタであった。

　いや、気づいた以上は冗談にして流してやるのが千癒なりの情けなのかもしれない。

「……すまん。その、放っておけば、インベントリに収まるから」

　俺も冗談で応じることで、この一件はおしまい。そんなふうに考えていたのだが。

　俺の背中に回されていた千癒の腕が解かれ、あろうことか——俺の股間へ向かう。

　さすさす……さすさす……。

「ち、千癒……っ!?」

「我慢するの、苦しいって聞いた」

「えっ、いや、まぁ、それは、そうなんだが……」

　まさか千癒の方から、そういった行為に及ぶとは思わず、俺は動揺を隠せない。そんな俺を置いて、千癒の手が動き、ズボンのホックが外され、チャックが下ろされ、あれが露出する。

「そうくんが」

千癒の白魚の如き手が、そっと巻きつくように棒を握り、ゆっくりと上下に動く。

「わたしを好きなのは、明らか」

その動きはたどたどしく、幼馴染みが決して慣れているわけではないことが伝わってくる。

「けど、そうくんは優しいから」

先程から彼女の吐息が首にかかって、くすぐったいような興奮するような、妙な感覚だった。

「今告白するのはずるいとか考えて、幼馴染みを続けようとするのも、読めてる」

さすがは幼稚園からの付き合いの仲、俺の性格は読まれている。

それに、気持ちもとっくにバレていたようだ。

……つまり、この行為は、千癒なりの返答なのだろうか。

「告白は、別に、地球に戻ってからでも、いいけど……っ」

シュッ……シュッ……と動く千癒の柔らかく温かい指は、あれの先端から漏れた粘液によって、その動きがスムーズになっていく。

「そうくんと、こういうの、するの、嫌じゃないってことは、伝えておく」

暗闇の中、吐息を頼りに千癒の顔を探し当て、俺はそこに自分の顔を近づける。

意図を察したのか、千癒が頭を傾けるのがわかった。

最初は少しずれ、彼女の頬に。その頬でさえも、熱があるかのように感じたのは、彼女自身も興奮しているからか。あるいは緊張故か、両方かもしれない。

二度目で唇と唇が合わさる。

彼女の唇は、信じられぬほど柔らかく、瑞々(みずみず)しかった。雲にでも触れたかのような心地だ。

それから何度か、唇を触れ合わせるだけの口づけを交わしてから、俺たちの動きは徐々(じょじょ)についばむようなものへ。

最終的には、互いに相手の唇をくわえようとするかのように、動きが激しくなっていく。

示し合わせたわけでもないのに、俺たちの動きは連動していて、淀(よど)みがなかった。

その間も、千癒は手の動きを止めることなく、シュッ……シュッと上下運動を続けている。

「んっ……ふっ……そうくんの、熱い……」

決して動きが巧(たく)みとは言えないが、そんなことは関係なかった。千癒がしてくれているというだけで俺の興奮は最高潮へと達し、それが得も言われぬ快感を生み出す。

これが初めてだからなのか、それとも今後もずっとそうなのか。

その悦楽(えつらく)は、永遠に味わっていたいほど甘美で、長くは堪(た)えられぬほど刺激的だった。

やがて、限界が訪れる。

「千癒……っ、もう……っ」

ふふ、と千癒が笑うのがわかった。嬉しそうな声だった。

「いいよ、そうくん。このまま、大好きな幼馴染みの手に――びゅーって、していいよ」

鼓膜(こまく)に吹きかけられた千癒の声は、稲妻(いなずま)のように背筋(せすじ)を駆け抜け。

その衝撃がそのまま具現(ぐげん)化したかのように、白濁(はくだく)した液体が千癒の手に弾ける。

「幼馴染みの性癖(せいへき)くらい、把握済み。びゅー、びゅー、びゅー」

千癒が残りも搾り出すように言いながら、声に合わせて手を動かす。彼女の手も、その手首も、なんならお腹のあたりにまで白い汁が飛び散らかっているだろうに、気にした様子はない。

俺は腰が抜けたような快感にしばらく放心していたが、やがて冷静になって考える。

——あぁそうか、ゴザや服の汚れは『インベントリ』に収納して落とせるし。

——千癒の手はタオルを濡らして拭ったり、石鹸で洗えばいいし。

汚れどうこうに関しては、大した問題ではないのかもしれない。

そんなことを考えていると、千癒が手を開閉しているのか、ぬちゃぬちゃと音がする。

「こんな感じ、なんだ。ドロドロしてて……温かくて、変な臭い。それに、量がすごく多い」

「すまん、千癒」

俺が謝ると、千癒が唇を寄せてきた。暗闇の中で目標を誤ったのだろう、彼女の唇は俺の鼻に当たった。だが彼女はそれを気にした様子もなく、唇に当たるまで同じ動作を繰り返した。

ちゅっ、とようやく当たってから、彼女は言う。

「ありがとう、じゃなくて？」

「……ありがとう」

「『さすがです、千癒様』じゃなくて？」

ようやく、いつもの空気が戻ってくる。

「初めてなのに、さすがでございました、千癒様」

「イメトレの賜物」

「イメトレしてたのか」

「そうくんが、わたしと結ばれる妄想をした回数と、同じくらい」

「そりゃ、だいぶだな」

俺がそう返すと、千癒が満足げに頷く気配があった。

そのように、俺たちはしばらくじゃれあっていたのだが。

「ねぇ、そうくん」

「ん？」

「……次はわたし、いい？」

恥じらうようにそう言われて、俺ばかり気持ちよくなってしまっていたことに思い至る。

「あ、あぁ、もちろん」

と慌てて答えるものの、頭の中では理想的な次の手順が判然とせずにパニック状態。

「大丈夫。触ってくれればいい」

「あ、あぁ」

「その前に、手を拭きたいけど」

「だ、だよな……！　タオル出すよ。あ、水と桶も出すか？」

「取り敢えず、タオルだけでいい。他は、後回し」

タオルを手許に配置し、彼女に渡す。

彼女が拭き終え、俺の手を掴み、自分のスカートの中へと導いていく。

「嗅ぎたいだろうけど、また今度ね」

「お前の中の俺は、なんで頑なに匂いフェチなんだ」

そして、俺の指が、彼女の下着に触れた——その時。

突風が吹いたのか、木々が揺れ、葉の揺れる音が響いた。

『マシロ、ついた⁉　えっ、なにこれ石の壁？　すご……』

『召子ちゃん、驚くのは後にして、工野くんがいるか確認したら？』

『あっ、ね。工野～！　いる～？　あたしだけど！』

『うん、せめて名前は名乗ろうね、召子ちゃん』

『いや、あたしと工野の仲だから、声で通じるから』

『でも工野くん、あの夢の中で近くに召子ちゃんもいたのに、医山さんの手を摑んだよね？』

『……いや、千癒っちは幼馴染みらしいし。そ、それに千癒っちの方が近かったし』

会話が筒抜けなおかげで、声の主が判明。

一人はコミュ強ギャルの喚阿召子だろう。

もうひとりはピンとこないが、喚阿と仲のいい女生徒の誰かなのではないか。

そしてマシロというのは、推測するに、喚阿の能力と関係がありそうだ。

『もふもふ召喚能力』を手にしたギャルが、どのようにして、そしてどのような目的でここに来たのかはわからないが、無視するわけにはいくまい。

「ええと、千癒……？」

「石鹸、水、桶」

「うっす」

配置するものリストを端的に告げる幼馴染みの声は、やけに冷たく響いた。

千癒にとっては邪魔者が現れた形になるが、貴重な他の転移者であり、友人だ。

俺はいそいそとズボンを穿き直し、色々と配置し、千癒のために窓を開けて月光を小屋に入れてから、そっと外へ出る。

外に出ると、二人は既に石垣の内側にいた。というか、二人と一頭だ。

月明かりに照らされているのは、白銀の毛並みの──巨狼。

正直心臓が凍るほど驚いたが、なんとかすぐに回復できたのは、騎乗している内の一人が喚阿だったからだろう。目の前にいる、地球上の生物ではあり得ないこの存在は──幻獣。

「あー……フェンリルか？」

彼女が『もふもふ召喚能力』で召喚したものと推察できる。

彼女の獲得能力を聞いていなかったら失神していたかもしれない。それほどの威容であった。

「そうそう！　マシロって名前にしたの！　超もふもふ！　超可愛い！　超素直！」

喚阿に褒められると、フェンリルが嬉しそうに目を細め、尻尾を揺らす。

「マシロ、降ろしてー」

主(あるじ)の声に、フェンリルはスッとお座り。そんなフェンリルの背中から横腹へと、まるで滑り台のようにして、喚阿ともう一人が降りてくる。

「訊(き)きたいことは色々あるが……ひとまず、喚阿が無事でよかったよ」

「あはっ」

俺の言葉を聞き、喚阿は軽快に笑ったが……。

次第にその表情が崩(くず)れていき、彼女の目の端に涙が浮かぶ。

そして、喚阿がこちらに向かって駆け出し、俺に抱きついてきた。

「うおっ」

なんとか受け止めて、転倒は回避。

「ほんとだよー……！　もう、マジわけわかんなくてさ！　起きたら森！　はぁここどこ⁉　みたいな！　周りに誰もいないし、無限に迷うしでもう無理！　って思ったんだけど、途中で夢でのこと思い出して、これワンチャン異世界転生ってやつ？　って考えたわけ！　そこで試しにもふもふ喚(よ)んだらマシロが来てくれて！　木の実とかの場所教えてくれたり超いい子で助かりまくりだったんだけど、この先どうすればいいかとかわかんなくて、不安でさぁ……！」

彼女も大変だったのだろう。微(かす)かに香る甘い体臭に混じって、汗の匂いがする。

それはまだいいのだが。ぐいぐい押しつけられている巨乳の破壊力が凄(すさ)まじい。

とはいえ泣いている女の子で興奮するのは最低なので、俺はそっと彼女の背中をさする。

「た、大変だったな」

しばらくそうしていると、彼女も落ち着いてきたようだ。

かと思えば、俺からバッと離れる。

夜なのでわかりにくいが、その顔はほんのり朱色に染まっていた。

「あ、あはは！　うんうん！　工野もね！　やっぱ、学校で普通に見える奴ほど、こういう展開には強かったりするんだね！」

彼女も結構物語を嗜むようだ。異世界ものに限らず、冴えない少年が異なる環境に放り込まれることで類い稀な適応力を見せる、というのは王道展開なのである。

俺が彼らほど適応しているかはわからないが。

「ちょっと召子ちゃん、失礼じゃない？」

くいくいっと喚阿の袖を引っ張って、黒髪ロングの少女が注意する。

『普通に見える奴』というフレーズに、俺が気を悪くすると思ったのかもしれない。

「え、そう？　工野、怒った？」

喚阿が不安そうな顔になる。

悪気があって言ったわけではないのはわかるし、そもそも間違った指摘ではない。

俺は平凡な男子高校生なのだ。

「いや、大丈夫だよ。それより、えー……読海さんも一緒だったんだな」

「あはは、工野くんの方から触れてくれてありがとう。召子ちゃんが全然紹介してくれないなら、話に入るタイミングを見計らっていたんだよね」

困ったように笑いながら、読海詩音が喚阿に並び立つ。

喚阿と並んでも見劣らぬほどの豊満な胸部。腰は細いのに太ももはほどよく肉がついていて、更には美少女なのだから、当然の如くクラスでも非常に目立つし、モテる。

それなのに彼氏がいるという話は噂さえ流れてきたことがなく、告白した男子は軒並み撃沈という事実だけが積み重なっていた。

――クラスでは喚阿を中心としたグループに所属し、あの夢でも近くに寄ってきていたはず。

喚阿が俺に絡んできた流れで、欲しい能力大喜利が始まったのだ。

それによって、クラスにおける特殊能力保持者が増えたことは言うまでもない。

あれがなかったら、俺と千癒だけが能力者という結果になったかも。

だが思い返してみても、読海が何か欲しい能力を発言したという記憶はなかった。

「えー？　工野もしーちゃんも普通にクラスメイトなんだし、好きに話せばいいっしょ」

「みんな、召子ちゃんみたいにグイグイいけるわけじゃないよ」

「そうなの？」

「そうなのです」

読海が、冗談っぽくはありつつも、重々しく頷く。

「んじゃまー、この黒髪清楚美少女は、読海詩音ね。んで、こっちの黒髪救世主少年は、工野創助。はい二人とも握手、これで友達だね～」

「ふふ、召子ちゃんってば適当なんだから。でも、本当によろしくね、工野くん」

差し出された手を、咄嗟に握り返す。すべらかで、ふにふにとした手だった。

「あ、あぁ、よろしく読海さん」

「私のことは、詩音でいいよ」

「えっ、と。じゃあ、詩音」

小学生の頃はともかく、中学に上がったあたりから、特別親しいわけでもない女性を下の名前で呼ぶことに抵抗を感じるようになってしまった。

陽の者ならば気軽にできるのだろうが、俺は少し緊張してしまう。

「私も、創助くんって呼んでいいかな？」

そう上目遣いに見つめられて、断れる男子がいるだろうか。

「それは、もちろん」

「ちょちょ！　しーちゃん？　距離の詰め方エグくない？　バリバリのグイグイじゃない？」

何故か喚阿が焦ったような声で俺たちの間に割って入った。

「どうしたの、召子ちゃん」

「どうしたのってさぁ……」

そこで、詩音が「あぁ……！」とわざとらしく手を叩いた。

「創助くん。私より召子ちゃんとの方が付き合いが長いでしょう？　それなのに、私だけ名前呼びなのはいけないと思うの。これを機に、二人共お互いを下の名前で呼ぶのはどう？」

「俺はまぁ、喚阿がいいならいいけど」

「あ、あたしも、工野がいいなら、いいけど」

「ほら、じゃあ二人共、今から名字禁止だよ」

「あー、召子？」

「う、うん。なに、創助」

名前で呼び合うことを確認するというのは、妙にこそばゆい。

そんな俺たちを、詩音はニッコリと眺めていた。

「それじゃあ、そろそろ話を進めてもいいかな？」

詩音の言葉に、俺は頷く。

「私も召子ちゃんも、創助くんと敵対するつもりはないの」

「いやしーちゃん、当たり前っしょ」

召子はそう言うが、詩音の言葉も大事だと俺は考える。俺は召子が友人だからすぐ気にならなくなっただけで、『もふもふ召喚能力』はとてつもない能力だ。武力、移動能力、索敵能力、探索能力などを備えた幻獣を使役できるのは、かなりのチートである。

考えにくいことではあるが、召子がフェンリルを俺に差し向けたら厄介なことになる。

敵意がないことの表明は、詩音の立場からすれば当然すべきことなのだ。

「俺も、二人と敵対したくはないな」

「ありがとう。それで、こんな夜遅くにお邪魔したのはね、私たちを――創助くんの仲間にしてほしいからなの」

　半ば予想していたことではあったが、やはりそうか。

　召子が何を考えているのかはわからないが、俺の『クラフト能力』発言を聞いていた者は、ここに転移してこれが現実だと知った時、その有用性に気づくだろう。

「取り敢えず、お互いに情報共有をしないか？　もう遅いし、明日にしてもいいが……」

「ううん、創助くんが嫌じゃなかったら、今からお願いしたいな。ね、召子ちゃん」

「え？　あぁ、うん。そ、創助の方の話も聞かせてよ」

「あぁ。それと、ここは俺一人の拠点じゃないから、話は全員でしよう」

　俺が小屋を振り返ると、扉がギィと開き、ジト目をした幼馴染みの顔が覗いていた。

「わ！　千癒っちじゃん！　無事でよかった〜！」

　そんな彼女だったが、己の無事を飛び跳ねて喜ぶ召子を見て、毒気を抜かれたらしい。

「そっちも……しょこちゃん」

「おっ、そのあだ名いいね！　しょこちゃんでーす！　あはは」

「……医山さんと合流してたんだ。いや、もしかして……あの時、創助くんが手を摑んでいたから、一緒に飛ばされた、とか？」

　詩音が何やら考察している。

「多分、そうじゃないかと思う」

「すごい……創助くん、わかってたの？」

「いや、たまたまだよ」

「そうなんだね。でも、そのたまたまが、きっと医山さんはすごく嬉しかったと思うよ」

千癒も、そんなことを言っていたな。

どこか眩しそうにそう呟く詩音に、俺は「そうかな」とだけ返す。

「そうくん、ちょっとこっちへ」

扉から手招きする千癒に、俺は近づいていく。

「どうした？」

扉の前で、千癒に声をかける。

「どうした？　制服の袖とお腹とスカートがカピカピのまま、二人の前に出ろとでも？」

千癒がどこか咎めるように俺を見ている。

「――あ」

幼馴染みが扉の外に出てこない理由がわかって、俺はしまったと思った。

「それがそうくんの性癖なら、最愛の幼馴染みとしては最大限応える所存。仕方がない。世の中には、使用済みコンドームを女子のショーツにくくって外を歩かせるプレイを好む男性もいると聞く。そうくんもその系統と理解。カピカピ幼馴染み、出撃します」

「悪かったって……！　すぐに『インベントリ』に入れるから」

肌の汚れは先程置いた石鹸と水と桶で綺麗になっても、服はそうはいかない。

仮に石鹸で洗おうにも、それはそれで濡れて不自然だし。

彼女が俺の『インベントリ』待ちしているのだと、気づくべきだった。

にしても千癒、だいぶニッチな性癖の知識も持ち合わせているのはなんなんだ……。

「出撃停止？」

「停止停止」

「ん、じゃあこれ」

彼女は既に制服を脱いでいるようだった。

俺はそれを手早く『インベントリ』に収納し、再配置する。

「本当にごめんな、千癒」

千癒が溜め息をこぼす。

「わかってる。そうくんは悪くないよ。ただ、嫉妬心で悪戯しただけ」

「いや、気づくべきだったよ。これからは気をつける」

手早く着替えを済ませた千癒は、俺の言葉に、こてんと首を傾げた。

「今後も汚す予定あり、ということ？」

その目は、妖しく細められている。

「うっ」

「冗談。そろそろ行こう」

「あ、あぁ」

「千癒っちー？　創助ー？　何こしょこしょ話してんのー？」

「召子ちゃん、いいから静かに待ってようよ」

俺は室内に置かれた品々も収納してから、準備を済ませた千癒と共に、二人の方へ向かう。

「悪い、ちょっと相談事があったみたいでな。知ってはいると思うけど、こちら医山千癒。俺とは幼稚園からの幼馴染みで、一緒に転移してきた」

告白は地球に戻ってから、ちゃんとした形でしたいし、千癒も納得しているようだった。

ならば、現時点で恋人と紹介するのは変だろう。

「ん、よろしく。わたしも千癒でいい」

下の名前を呼び合うくだりは聞いていたぞ、と暗に伝える千癒。

それを理解したらしい詩音が、苦笑いしている。

「あはは……。よろしくね、千癒ちゃん」

詩音と千癒が握手を交わすが、俺は千癒の手を見て、先程のことを思い出してしまう。

ついさっきまで、千癒の小さな手は、俺の……。いやいや、と首を横に振り、集中。

「なにしてんの、創助？」

「な、なんでもない。というか、暗いし肌寒いし、火を焚いていいか？」

「えっ？　創助、火つけられるの？」

「あぁ、まぁ。能力で火起こし器を創ったから、それでな」

「すご……！　つけてつけて！」

俺は出しっぱにしてあった巨大石畳の方へ向かう。

「千癒、手伝ってくれ」

風呂と夕食をとるのに使った焚き火は消火し、灰は土器の壺に詰めて『アイテム化』してある。これも能力の仕様なのだが、砂や土など、大地に触れている小さな粒はそのままでは収納できないのだ。大地との境界線が曖昧だからだろうか。

「ここは、後学のためにも他の人にやってもらうのがいいと思う」

「難しいことじゃないなら、私、手伝わせてほしいな」

控えめに挙手したのは、詩音だ。

「あぁ、じゃあ頼むよ」

「はい、頼まれました」

にこやかに微笑む詩音が、石畳の上に上がってきた。

俺たちは腰を下ろし、能力で配置した火起こし器を設置していく。

「わっ。何もないところから道具が出てきたけど……これも能力?」

正式な仲間になる前に、能力についてベラベラ喋るつもりはないが……。

まぁ、こっちもフェンリルを見たことだし、これくらいは許容範囲だろう。

「そうだな。詩音には、このヘコみのついた石を押さえててほしいのと、この木板の両端を足で踏んでてほしいんだ」

「なるほど、道具の固定役だね。それで、創助くんが紐を引いて、摩擦で火種を作るんだ」

「そうそう」

詩音が両足を広げ、木板を押さえる。俺の方は慣れたもので、十秒とかからず種火をゲット。

月明かりのみでよく見えなかったが、詩音のパンツ、黒だったような……。

なんて邪念は即座に追い払い、焚き火の用意をする。

「ほんとに焚き火じゃん！　しかも早業！」

焚き火を囲むように丸太椅子を配置し、各々腰かける。

「この椅子も創助が創ったの？」

「能力でな」

「やば、便利すぎ。こういうとこだと最強能力じゃん」

「だいぶ役立ってくれてるよ。それに、フェンリルを使役できるのも、かなりのチートだ」

「あはは、わかるー……。笑い事じゃないけど、ポテチ一袋の子とかもいるんだもんね」

「創助くんのおかげで能力を持てた生徒は多いから、その子たちは感謝してると思うよ」

「それ！　あたしマシロがいなかったら飢え死にしてたし、創助にはほんと感謝してるよー」

ちなみにフェンリルは、召子の背後に移動して寝そべっている。

触ってみたりもしたいのだが、取り敢えず話が済んでからにすべきだろう。

「まぁ変な能力を選んでた奴もいたみたいだから、感謝してる奴がいても少ないだろうけど」

「それはそうくんの責任じゃない」

「そうそう。あたしみたいに救われた子がいるってのが重要じゃん？」

「そうか、そうだな……。それに、回答があとから変更可能だったなら、もう少し能力持ちは増えてるかもしれないし」

「あ、それはないよ」

詩音が声を上げた。それを聞いて、召子が説明を引き継ぐ。

「しーちゃん、二回回答したらしいけど、ゲットできたのは一つ目のやつだったんだって」

「へぇ」

それが本当なら、大多数の所持品、もしくは能力が確定する。

いや、まだ考えねばならないことはあるか。

だが、その話は今は置いておいていいだろう。

まずは情報共有を――と口を開きかけたところで、召子の腹がくぅと鳴る。

「あ、あははー。マシロってば、急に可愛い声で鳴いちゃって、もー」

召子の誤魔化し(ごまか)は下手すぎた。主(あるじ)の嘘に巻き込まれたフェンリルは、それでも健気(けなげ)に庇(かば)おうとして「くぅん」と腹の音を再現すべく鳴き声を上げる。

なんて忠実なフェンリルだろうか。

取り敢えず、本題に入る前に、何か食べるものを用意した方がよさそうだ。

「さっき召子が木の実を食べたって言ってたが、二人共、他には？」

俺の言葉に、二人が力なげに首を横に振る。

「俺たちも食材の種類が豊富なわけじゃないが、焼きキノコくらいなら提供できる」

「キノコ！　食べる食べる！」

召子の目が輝く。

「私も、貰(もら)えたら嬉しいな」

詩音も、自分のお腹をさすりながら答えた。

「わたしは大丈夫。キノコはもう、お腹いっぱい」

意味ありげな視線を俺に向けながら、幼馴染みの千癒が言った。

小屋での出来事を言っているのだろう。元々下ネタを投げてくる幼馴染みだったが、今日の件でその傾向が強くなるかもしれない。俺はそんな覚悟をしながら、『インベントリ』を開いた。

焼きキノコの在庫を出してもいいのだが、温度変化せずに保存できるという情報を晒(さら)すことになるので、今はやめておく。代わりにキノコと串(くし)を出し、塩を振って、二人に出す。

「火で炙(あぶ)って食べてくれ」

「やたー！　ありがと創助！」

あまりに素直に喜ぶものだから、俺は少し意地悪を言ってみた。

「いいのか？　毒キノコかもしれないぞ」

「あはは！　創助はそんなことしないよ」

当たり前のように召子が言うので、言葉に詰まってしまう。

「それに、マシロくんは毒を嗅ぎ分けるので」

キノコを火に当てながら、詩音が補足。

「あ、それもある」

なるほど、フェンリルのマシロはかなり優秀なようだ。

やがて、焼き上がったキノコを二人が食べる。

召子は豪快に、詩音は上品に少しずつ齧りながら、それぞれ完食。

「うまうま」

「もっと食べるか？」

「いいの？　料金はいくら？」

召子がそんな冗談を口にする。

「料金は、もう貰っている」

千癒がぼそっと言った。

「へ？　どういうこと？」

「そうくん、さっきしおちゃんのショーツチラ見してた。この焼きキノコがおパンツ代」

おいおい千癒さんや、一体何を言い出すんだよまったく。まさか、バレてたとはな……。

火を起こす前、月明かりしかない状態でもバレていたらしい。

「あはは、でも、あの姿勢は仕方ないところもあるよ。私は、その、大丈夫だから」

詩音も気づいていたらしいが、彼女は照れたように笑って許してくれる。

「創助は、えろだなー」

言いつつ、召子は制服の胸元を指で摘み、風を送るようにパタパタした。

俺の方をチラチラ見ていなければ、何気ない仕草として見逃していたかもしれない。

しかし完全なる不可抗力なのだが、焚き火に照らされる召子のブラが少し見えてしまった。

「くっ」

「はい、見たー。自分の食い扶持は、自分で稼ぐ……！　あはは」

召子が顔を赤くしながら、そんなことを言う。

「いや、詩音も召子も、今のは千癒の冗談だから……」

だがまぁ眼福だったので、お代わりは喜んで提供する。

と、そんなふうに盛大に話が逸れ続けていたが。

「食べながらでいいから、情報共有を進めよう」

「だねだね」

召子も詩音も、目覚めたら森の中に立っていた。召子がフェンリルを召喚し、森を進んでいると、人の気配に気づいたマシロが反応。それが詩音で、二人はそうして再会したようだ。

「本当に、召子ちゃんに拾ってもらえてよかったよ」

「いやいや、あたしこそ。最悪自分一人かもと思って超寂しかったから！」

そのあと、二人はマシロに乗って俺の拠点へとやってきた、と。

「どうやってそうくんを見つけた？」

俺が言う前に、千癒が質問した。そう、そこが気になるポイントだ。

「えーと。それはー……あははー」

召子が恥じらいを滲ませながら、頬を掻く。

「二人は目覚めた時、所持品はどうなってた？」

詩音が口を開く。これまでの流れから誤魔化しではなく何か関連があるのだろうと考え、俺は応じる。

「制服と上履き（うわばき）だけだよ。うちの学校の上履きが、体育館シューズと兼用で助かったよ」

普通のランニングシューズとそう変わらないので、この環境でも支障なく使用できた。

「千癒ちゃんも？」

「ん、それが？」

「えぇとね。これ見て」

詩音が自分の手首から、あるものを外した。なんの変哲（へんてつ）もない、ヘアゴムだ。

「髪を結んだりするから、学校に行くときは必ず左手首につけてるの」

「――あ」

そこで俺も気づく。

俺たちは制服姿で転移したが、どこまでを初期装備とするかについては深く考えなかった。

持ち物がなかったことで、衣装以外は没収されたと思いこんでいたのだ。

その方がフェアでもあるし、そういうものだと思っていた。

しかし、俺だって制服以外のものを持ち込んでいるではないか。

能力で分解してタオルに変えた、インナーである。

あれは着用していない者もいるので、インナー一枚分とはいえ、俺は得をしていることになる。第一、初期装備なんてものが設定されているのなら、下着だってみんな同じ素材のものになっていたり、あるいはなかったりする方が自然だ。

『普段学校に行く時の格好』で転移させた……？　いや、普段の定義が難しい。

「あのね、創助くん。多分、持ち物の基準を考えてるんだと思うんだけど、判明してるんだ」

「そうなのか？」

「うん。えぇとね、あの夢を見る前日、学校から帰った時の格好でここに転移してるみたい」

「……なるほど。でもなんでわかったんだ？」

詩音が唇をふにふにと揺り動かし、斜め下を見ながら、かすれる声で言う。

「あのね、その……し、下着でね。私だけじゃなくて、召子ちゃんもそうだったみたいだから」

「あ、あー……」

俺は自分の前日のパンツの柄など脳みそに入れてさえいなかったが、女子は違うようだ。

「あ、でもね。それだけじゃなくてね、召子ちゃんが持ってたんだ。ちょうど、『前日に手に
入れて、制服のポケットに入れて帰ったもの』を」

そのアイテムが普段持っていないものならば、確かに『昨日の格好』で確定と言える。

「へぇ。……いや待てよ、それが俺を見つけた理由に繋がるのか？　繋がるなら……」

召子がポケットから、ハンカチを取り出す。

「これ、昨日創助に借りたやつ」

俺は思い出す。昨日召子が制服に水をこぼしたので、俺は友人としてごく自然に、極めてさりげ

なくハンカチをスッと差し出し、華麗に去ったのだ。

決して、水で透けた制服を思わず見てしまい、それを誤魔化すために差し出したわけではない。

「そういえば、貸してたなー」

くそ、棒読みになってしまった。

「いや、ちゃんと洗って返そうと思ってたんだよ!?」

召子は何故か顔を赤くして言い訳している。

別に、ハンカチを入れっぱにしていた程度で失望などしないが。

「フェンリルにそうくんの匂いを嗅がせて、ストーキングした？」

千癒の言葉には、若干の棘がある。

「うっ。い、嫌がられるかもとは思ったけど、緊急時だし！」

なるほど、転移の仕様と前日の偶然と召子の能力が奇跡的に嚙み合ったことで、俺との合流が叶ったわけか。

「いや、大丈夫だ。俺も召子のことは心配だったし、気にしてない」

「創助……！」

召子が瞳をうるうるさせて感動している。

「……男はオタクに優しいギャルに弱すぎ。幼馴染みしか勝たん」

千癒がぶつぶつと文句を言っているが、こんなことで見捨てるほど彼女は冷たくないと俺は知っている。その後もしばらく会話を続け、聞きたい話は大体聞けた。

「俺が『クラフト能力』、千癒が『治癒魔法』、召子が『もふもふ召喚能力』で、詩音は？」

「うーん……嫌な子だって思わないでね？」

躊躇いがちにだが、詩音は教えてくれた。

「私が欲しかったのは……『嘘がわかる能力』なの」

確かに、便利な力だ。人の嘘が見抜ければ、騙されそうになっても事前に気づける。

表向き親切な人間に裏があった場合も、それがわかるのだから。

普通の生活ではとても役立つだろうし、その所為で人間不信にもなりそうな力だが。

俺が気になったのは、それ、無人島に持っていきたいか？　という点だった。

だが少し考えて、ある可能性に思い至る。

——詩音は、集団で無人島に飛ばされる想定で能力を選んだのかもしれない。

まとめ役の教師もない、高校生四十名が、無人島に解き放たれる。その全員に、日本で課せられていた法やモラルの遵守を求めるのは、難しい。相手の言葉の真偽を見抜く能力があれば、集団内での立ち回りや危機察知は上手くできそうだ。だが、そうだとすると——。

「詩音は、あの時点でクラス転移を想定していたのか？」

俺の言葉に、詩音がニッコリと微笑む。

「それは買い被りだよ。どちらかというと、創助くんのおかげなんだ」

「俺の？」

「現実なら、空気を読んだり、ウケを狙ったりするのは、悪いことじゃないよね。そういうのも社会性だし。でも、あの時みんな、最初は夢だと思ってた」

「そうだな」

「つまり、『社会性』なんて要らない、素の自分として考えるべき場面だよね。でも、かなりの数の生徒が、ふざけた答えをしたり、ありふれた物で満足していた。深く考えてなかった。流されていた。それって、危険だと思うんだよ」

　意識的に、必要な場面で社会性を発揮できるのなら素晴らしいが。周囲に合わせること自体が染みついてしまうと、自分で判断すべき場面でもそれができなかったりする、的な話か。

「そうくんはあの時、空気を読まなかった」

　千癒の言葉に、詩音が「そうなの！」と嬉しそうな顔になる。

「夢なんだから空気を読まずに、大真面目に回答していいはず。でも、それを率先してできるのは創助くんだけだった。しかも、声に出して周囲の子たちにも能力を考えさせるきっかけまで作ってて、すごいなって思ったんだ」

「そんな大層なものじゃないが……それに、能力を考え始める流れを作ったのは、召子だし」

「いやぁ、それほどでも～」

　召子はてれてれと嬉しそうだ。

「そうだね。創助くんが『最初の一歩を生み出した人』で、召子ちゃんが『その後に続く流れを作った人』だから、二人共すごいね。あと、創助くんから能力を言葉として引き出した千癒ちゃんも」

「確かに、千癒に話しかけられなかったら、俺は頭の中で考えるだけだったな」

「幼馴染みの連携プレイ」

千癒が幼馴染みという部分を強調して言った。

「今、創助くんが頭の中で考えるだけって言ったけど、実際それって有効なんだよね」

詩音の言葉は確信が込められているように聞こえる。

「ってことは、やっぱり詩音は持っていくものを口に出してないんだな?」

「さすが創助くん、そこまで気づいてたんだ」

両手を胸の前で合わせ、詩音が感心したように言う。

「どゆことどゆこと?　あたしにもわかるように説明プリーズ!」

召子が混乱している。

「ええとだな、あの夢で、欲しいものを口に出してた奴が多いだろ?」

「うん。みんなそうじゃないの?」

「いや違う。さすがに全員は確認できなかったが、最後まで口を開かなかった奴もいたんだ」

「え?　そうなの?」

「うん。それに、黒板には『無人島に何か一つ持っていくなら?』と書いてあっただけで、回答方法の指定はなかったよね。だから、答え方に縛りはないと考えられる」

「ふ、二人とも、あの状況でそこまで考えてたわけ?」

俺と詩音の言葉に、召子が若干引いていた。

「まぁ、俺は途中から変だと思い始めてたし、ああいう『もしも』の話を考えるのも嫌いじゃなかったからな。ちょっと乗り気になっちゃっただけだよ」

「なるほど？　でー、口に出さないのがアリだったら、どうなるの？」

「さっき詩音が、欲しいものを二つ願ったら、最初の一つだけが採用されたって言ったよな。回答の変更は受けつけられなかった、って」

「うん」

「だとすれば、最初に欲しい能力とかを決めて、あの夢の中では適当に『ナイフ』とか回答したら、どうなる？」

「んん？　……あ！　それを聞いてた子と島で再会した時、能力を勘違いさせられる？」

召子も、少し考えて気づいたようだ。

「そうなんだよ、召子ちゃん。ナイフなら『落とした』とか言い訳するのかな。そもそも消耗品にしておけば、使い切ったって言えば済むしね」

「うわ、クラスメイト騙す前提ってこと？　いや、まぁ、世の中悪い奴もいるけどさぁ」

あの夢の時点でそこまで画策する奴がいた可能性に気づいても、召子はピンとこないようだ。

「あはは……。騙すとまではいかなくとも、私はみんなに知られないよう答えを隠してたわけだから、ちょっと耳が痛いね」

「いやしーちゃんは悪くないっしょ。言いたくないこと言わない権利はあるし」

「ありがとう、召子ちゃん」

「……それより、しおちゃん」

「なにかな、千癒ちゃん」

「能力開示のタイミングを責めるつもりはない。でも、顔を合わせてからずっと、しおちゃんはそうくんに能力を使ってた。違う？」

千癒の言葉に、詩音が申し訳なさそうな顔になり、俺に頭を下げた。

「うん、実はそうなの。召子ちゃんは信頼してるみたいだけど、私はあまり親しくなかったから不安で。試すようなことをしてごめんね」

「いや、構わないよ。俺だって、詩音一人だったらもっと警戒して対応してた。自分の能力で今の状況に適応しようとするのは、当たり前のことだ。謝ることじゃない」

第一、俺だって能力でできることの全てを明かしたわけではないのだ。

「……ありがとう。創助くんは優しいね」

もしかしたら、今も詩音は能力を使っているのかもしれない。

俺が本気で怒っていないとわかったからか、彼女は微かに目を大きくしていた。

「あたしは隠し事とかないから気にしないけど、嘘がバレるって知られたら普通は嫌われる、ってしーちゃんが言うから、黙ってたんだよね。ごめんね創助」

「だから、怒ってないって。でもまぁ、これで蟠りはなしってことで。千癒はどうだ？」

「構わないけど、懸念がある」

「なんだ？」

千癒は無表情のまま、涙を堪える人がやるみたいに、口許に手を当てた。

「これから、そうくんの見え透いた嘘が全部バレるかと思うと、可哀想で可哀想で」

「おい、なんだよ見えて透いた嘘って」

「人の胸とか見ておいて、『見てない』って言ったり」

「よし、ノーコメントだ」

俺と千癒の会話に、召子が明るく、詩音がくすくすと笑い、場が和んだ。

しかし確かに、千癒の言う通り。

詩音には嘘がバレると念頭に置いた上で発言せねばならないだろう。

「それで、創助くん、千癒ちゃん。私たちを、仲間にしてくれますか？」

「創助！　あたしたちを仲間に入れて！　今ならマシロもついてくるよ！　もふもふだよ！」

俺と千癒は顔を見合わせ、頷き合う。それから二人に向き直り、言った。

「もちろん、歓迎するよ」

「やたー！」

「ありがとう。足手まといにならないよう、頑張るね」

召子が飛び上がって喜びを表現し、詩音がほっとしたような顔になる。

「あ、そうだ、創助くん」

「どうした？」

「二人の格好が随分と綺麗に見えるんだけど……何か方法があるのかな？」

詩音の声は落ち着いているが、どことなく羨ましそうでもある。

そういえば、二人の服も肌にも、汚れが見られる。

森の中に出現し、しばらく一人でうろついていたことを思えば、当然だった。

「んん？　わっ、ほんとだ！　服も綺麗だし、髪も肌もツヤツヤじゃん!?」

まぁ、もう仲間だし、隠すこともないだろう。

「服の件はあとで話すよ。取り敢えず身体が綺麗なのは――風呂を作ったからだ」

「えー!?　お風呂!?　マジ!?」

「わぁっ。創助くんの能力、本当にすごいね」

やはり女子ということか、二人共食いつきがすごい。

ちなみに、風呂周りは収納してあるので、見えるところにはない。

「ドラム缶風呂的なやつだから、一人ずつになるけど、二人も入るといい。用意するよ」

いや、女子が増えるなら、もう一つ石の風呂を生成すればいいのか？

水はまだ大量にあるし、火は目の前の焚き火からもらえばいいので、大した手間ではない。

「やばい。創助に惚れるかも」

「そうなったら、千癒ちゃんとは恋のライバルだね」

「わたしは幼馴染みを勝ちヒロインにする」

千癒が断固とした口調で宣言する。

風呂を用意するのは問題ない。少し眠いが、友達のためだ。それに、ちょっとした目的もある。

「その代わりってわけじゃないけど、召子に頼みたいことがあるんだ」

「うーん。入浴してるところを、ちょっと覗くくらいなら、特別に許したげる」

人差し指を口許に当て、召子はそんなことを言うのだが。

「なんで俺が覗きたがってるという前提なんだ？」

千癒もそうだったが、男子へのイメージなのか、俺へのイメージなのか。

「あはは、冗談冗談」

「そーですか。それで頼みだが、『もふもふ召喚能力』で——羊って召喚できるか？」

「羊？　めぇって鳴く羊？」

「そうだな」

俺の言いたいことを理解したらしく、千癒がすかさず「カシミヤヤギでも可」と付け加える。

「んー、ちょい待ち。羊……もこもこ……もふもふ……うん、いけるっぽい！」

「おぉ！　これで羊毛が手に入るぞ！」

「カシミヤヤギは？」

千癒が食い下がる。

「カシミヤはわかるんだけど、カシミヤヤギがわからないから無理っぽい……」

召子の能力も、イメージが重要になってくるようだ。

フェンリルなどは異世界コミックを読んだ彼女が、召喚したいくらい好きになった存在だから生み出せたのだろう。羊に関しても、イメージはそう難しくなさそうだ。

「ちなみになんだが、召喚できる数に制限とかあるのか？」

「うーん。サイズによる？　フェンリルをもう一体出すのは、今は無理みたいなんだよね。羊も、出せて二匹？　二頭？　だと思う」

「召喚ってことは、どこかから呼び出してると思うんだけど、たとえばマシロを元のところに帰したあとで、もう一回呼び出すってできるのか？」

「ううん、無理。帰したらもう会えないし、考えたくないけど、死んだら消えちゃうんだ」

「そっか、話してくれてありがとう。マシロは大事なパートナーだもんな、帰せなんて言わないよ。ただ、二頭の羊を召喚してもらって、その羊たちを帰してもらって、また羊を二頭……みたいなことってできるか？」

「うーん、ちょっと寂しいけど、必要ならやるよ」

「そうくん。その羊……お肉は？」

千癒の疑問は尤（もっと）もなのだが……その、召子に配慮して言えなかったのだ。

「いや、そんな目で見なくて大丈夫だから。あたしも腹ペコが限界になった時に考えたし。だけど、能力のところに『食肉への転用は不可』って書いてるんだよね。これ、お肉にはできないって意味っしょ？」

「なるほど、想定された能力の使用方法ではないと判断されるのか」

千癒が白魔導士をイメージしたからこそ、『浄化（ピュリファイ）』をゲットできたのと、ある意味逆。召子は召喚する生き物を、おそらくパートナーとか仲間として想定していた。

だから、能力の限界もそこに設定されたのではないか。

「でも、それなら羊毛はとれるかな？」と、詩音が呟く。

「多分、大丈夫だ。もふもふするだけでも毛が抜けることはあるだろうし、仲間扱いならブラッシングだって想定内の行為なはず。つまり、関わっていく中で動物の毛がとれることは、召子の認識に反さない。懸念点は——」

「召喚した生き物を帰す時、刈り取った毛が消えたりしないか、だね」

詩音が俺の言葉を引き継ぐように言う。

「そのあたり、わかったりするか？」

「え？　大丈夫、消えないよ」

「よし……！」と、俺は拳を握る。

これで羊毛が手に入る。防寒具、パジャマ、絨毯など、温かく過ごせるアイテムを作れるのだ。羊毛布団なんかもあるが、あれは中が羊毛なのであって、それを包む生地は別素材だろう。

いや、ウールのセーターなんかもあるんだし、それを布団サイズにすれば、ひとまず暖を取るには充分なんじゃないか？　使用する上で汚れやすいとか穴が空きやすいとかの難点があっても、決定的に損なわれたわけじゃなければ収納&再配置で元通りだし。

「おー、早速貢献できるみたいで嬉しいかも」

「取り敢えず、風呂を設置するよ。千癒、詩音と湯沸かしを頼む」

「任された」

「召子は羊を召喚してくれ」

「りょー」

新たな石製風呂一式と、先の入浴時に使用したお風呂セットをサクッと配置。

あとは、千癒が火をつけ湯を沸かしてくれる。

風呂が二つになったので、詩音にも手伝ってもらう。

召子が目を閉じ精神集中し、カッと目を見開くと、目の前に突如として二頭の羊が現れた。

「おー」

もふもふしか召喚できないからか、たっぷりと毛がついてる。

俺は石のナイフを取り出し、羊を傷つけぬよう注意して毛を刈っていく。

「創助、あたしもやるよ」

「あぁ、じゃあ頼むよ」

もう一つナイフを作って渡し、二人でせっせと毛を刈る。俺の方は刈る度に収納していけばいいが、召子に対してもそれを行うのは手間なので、木の箱を出してそこに入れてもらう。

「羊たち、されるがままだな」

「あたしの言うことは聞いてくれるから」

「なるほど。召子はテイマーだな」

「白魔導士千癒と、テイマーのあたしと、創助は……錬金術師？」

「あはは、詩音の能力も、作品によっては『看破』って言われたりするな」

「へ～」

羊が無抵抗なおかげで、作業はスムーズに進む。だが結構な重労働だ。

「と、ここで幼馴染みの『初級治癒（ヒール）』が輝く」

いつの間にか現れた千癒が、俺に魔法をかけてくれる。

「ありがとな、千癒」

「幼馴染み故（ゆえ）の、以心伝心（いしんでんしん）」

「千癒っちー、それって疲れがとれる感じ？　あたしにもかけてー」

「よかろう」

白い光が召子を包む。

「うおー！　やばい、超元気出てきた！」

湯が沸いてからは召子と千癒が交代。羊を送還してから再度召喚してもらい、幼馴染みコンビで毛を刈る。新メンバーは入浴タイムだ。

「ごめん、創助くん。タオル、出し入れしてもらえる？」

詩音の声だ。先に身体を拭いた彼女が、衝立にタオルをかけて頼んできた。

千癒の時のように、二人の衣服も綺麗にするため、脱衣かごに入れてくれと伝えたのだが、その際に『インベントリ』の便利機能についても教えておいたのだ。

「了解」

『インベントリ』に収納し、再配置。これでタオルから水分が失われ、乾いた状態となる。

「『クラフト能力』すごすぎでしょ！」

召子が何度目とも知れぬ驚きを見せる。

「創助くんが、ある程度の万能性をイメージして回答したからだろうね」

無人島を探索するタイプのゲームでは標準的な機能なので、そのへんイメージしやすかった。

やがて、湯上がりの二人が出てくる。サイドテールが下ろされた召子はいつもとイメージが違って新鮮だし、濡れ羽色の髪に火照った顔の詩音はまさに清楚美人。

「なんか、お風呂上がりに創助の顔を見るの、変な感じ」

召子が恥じらうように微笑んでいる。

「制服、綺麗にしてくれてありがとうね」

「そうそう！　ありがと創助。これはほんとありがたいわー」

「どういたしまして」

「どうする？　また羊召喚する？」

四頭分の毛刈りが済み、かなりの羊毛をゲットした。俺はレシピを眺めつつ、首を横に振る。

「今日はもう大丈夫。二人は焚き火で髪を乾かしててくれ、俺は小屋に行って生成したり配置したりしてみるよ」

「ねぇ、そうくん」

「ん？」

千癒に呼ばれ、顔を向けると、彼女はこう言った。

「小屋は一つ。メンバーは四人。どう寝るの？」

「……そうか、寝る場所の問題があったか……」

もう一つ小屋を建てるには、『普通の木材』が足りない。

「そうくん、ハーレム願望は理解できるけど……」

「言ってないだろ、そんなこと」

俺は苦笑しつつ、考える。

「あれだな、羊毛で温かい服を作れるから、俺はそれを着て外で寝るよ」

幸い、夜の寒さは日本の秋のような感じ。死にはしないだろうし、なんなら焚き火だってある。そして最悪、千癒の『初級治癒（ヒール）』を頼ればいいので、気は楽だ。

「そんなのダメ」

しかし千癒が反対した。

「あ、あたしも反対！　創助のことは信じてるし、一緒でいいよ。それに、あたしたちが仲間に入れてもらう側なんだから、家主を追い出すとかあり得ないし」

「そうだね。もし誰かが小屋の外に出るとしても、それは順番に見張りをするとか、公平な役割にしないとね」

召子と詩音も続く。

「そ、そうか……」

まさか、女性陣の方から同室で眠ることを許可されるとは思わなかった。

その優しさや信頼が温かいような、照れるような。

「フェンリルなら、木の一本や二本、倒せるのでは？」

「あぁ、なるほど。あんまり夜に大きな音は立てたくないが……それはありだな」

俺と千癒が、そのまま召子へ視線を向ける。

「ごめん、マシロもう寝てるから、あんまり起こしたくないかな」

見れば、すやすやと眠るフェンリルの姿があった。確かに、自分の寝床をこしらえるために、今日一日頑張ってくれた仲間を叩き起こすというのは、抵抗があるだろう。

「む」そう言われては強く出られないのか、千癒も食い下がらない。

「ふふふ、大丈夫だよ千癒ちゃん。創助くんを端にして、その横に千癒ちゃん、更にその横に私たち、って形にすれば、心配するようなことは起こらないよ」

「……別に、そうくんが無人島でハーレムを築く分には構わない」

「は、ハーレムって、千癒っち……」

召子が顔を赤くしている。にしても、千癒の発言は意外だ。

「今、頼れる男はそうくんだけ。でも女子は三人。誰かがそうくんを独占して、そうくんが無意識にでも贔屓(ひいき)したら、仲間内の空気は最悪になる」

「いや、言わんとしていることは、わからんでもないが」

むしろ、俺がモテるモテないを度外視すれば、非常に理解できる話だった。

色恋のもつれが悲劇を起こすなんてのは、歴史を見るまでもなく、日々のニュースや知人の経験談を聞いているだけでもわかる。日本なら、それでもまだ他の大人や警察を頼れることもあるだろうが、ここは学生だけの無人島。

より一層、そのあたりには気を遣わなければいけない環境。

「さすが千癒ちゃん。確かに創助くんが誰か一人と付き合い始めたら、他の子も気まずいもんね。学校なら他のグループや日常があるけど、ここだと固定なわけだし」

確かに、実際一緒に寝ることになっているし、朝だって当然一緒。

異なるグループに顔を出す、みたいなことも当面できない。

「え、え～？　千癒っちとしーちゃん、マジで言ってんの？」

召子は困惑気味だ。いや、俺はわかるぞ。召子よ、お前の反応が一番自然だ。

千癒と詩音が、合理的なだけ。

「まぁ、そのあたりは女子同士で少し話し合おうよ。創助くん、頼ってばかりで申し訳ないけど、小屋の中の件、頼んでもいいいかな？」

「え、あ、あぁ」

どちらにしろ、召子と詩音は髪を乾かすために焚き火に当たってもらうつもりだった。

だが、今は女子がするであろう会話の内容が気になって仕方がない。

とはいえ、盗み聞きして信用を失うつもりもないので、小屋の中にて集中。

まずは敷物だ。作るのは絨毯。どうせなので、小屋の床を覆うほどのサイズにしてみる。

『羊毛の絨毯』を生成――配置。

暗くてわかりづらいが、真っ白な絨毯が部屋に現れた。屈んで触ってみる。

「おぉ～、ふかふかじゃん」

それに、変な臭いもしない。刈り取った毛の処理も、自動で行われたのだろう。

改めて『クラフト能力』の万能性をありがたく思う。

それから『羊毛の毛布』を四枚生成。掛け布団とはいかないが、これでも充分に温かいはずだ。

試しに身体に巻いてみる。

「うんうん、かなりいい感じだ。生活の質が向上している感がある」

千癒とゴザの上で身を寄せ合ったのも、非常に素晴らしい記憶なのだが。

それはそれとして、寝具が揃うのは嬉しいものだ。

「それに、ゴザじゃなくても、そういうことは、できる、わけだし……」

頭の中で妄想が広がりそうになるのを食い止め、次の作業へ。

まずは、『羊毛の肌着』……つまりインナーだ。

サイズ指定をどうしたものかと一瞬悩むが、『S』『M』『L』などでいけると判明。

試しに『M』サイズを生成してみる。肌触りもいいし、普段使いもできそうだ。

その勢いで上下のパジャマも作成。上はセーター、下はスウェットみたいな構成にしてみた。

まずは、自分で着用。制服からパジャマに着替える。

「いけるな」

ウールって防寒性と保湿性が高いんだったか。

全身ウールで寝具もウールだと、逆に温かすぎて寝苦しくなったりするなんてことも……？

まぁ、その場合はセーターを脱げばいいか。

「『クラフト能力』と『もふもふ召喚能力』のシナジー、やばいな」

組み合わさることで、新たな強みが出てくるのはありがたい。

千癒の『初級治癒（ヒール）』があったから、初日にして伐採に踏み切れたし、この島で得た能力だけでなく、仲間にも大きく助けられている。

今後、別の転移者と遭遇した際は、詩音の能力が真価を発揮するだろう。

能力持ち四人が初日に固まれたのは、かなりの幸運だ。

──と、そんなことを考えていると、三人が戻ってきた。

「そうくん、お待たせ」

「ん、あぁ、おかえり」

「わぁ。創助くん、着替えてる。さっきの羊毛から作ったの？　触ってみてもいいかな？」

千癒と詩音はいつも通り、というかさっきと変わらない。

だが召子は俯（うつむ）きがちだし、もじもじと金色の毛先を指で弄（もてあそ）んでいた。

──い、一体どんな話し合いをして、どんな結論に至ったのだろうか。

詩音にパジャマをぺたぺた触られながら、俺は気になって仕方がない。

「じゅ、絨毯に毛布もあるー！　そ、創助やっぱすげー！　あ、あはは」

召子はいつも通りを装おうとした結果、盛大に失敗している。

「あのさ、召子。どんな話をしたかわからないが、そう警戒しないでくれ。みんなもだけど、嫌がることを無理やりなんて、絶対しないから」

そこは宣言しておく。

詩音は能力を使用しているかもしれないが、その方がいい。これは嘘ではないのだから。

「いや、創助のことは優しい奴って知ってるから、大丈夫。そうじゃなくて、そのぅ……」

「信頼してても、恥ずかしいことは恥ずかしいでしょ、創助くん」

「それは確かに、そうだな。俺も正直、緊張してるし」

なんともいえない空気が流れる。

「そうくん、わたしもパジャマほしい」

「あぁ、作るよ」

「……胸周りのとこ、余裕を持って形成してほしい。じゃないと、生地が突っ張る……」

「そういうこともできるの？　それなら創助くん、私もそれでお願いしたいな。Yシャツとかがそうなんだけど、胸を考慮してサイズを選ぶと、袖や丈が長くなって可愛くないんだよね」

「……あ、あたしも、お願い」

「わ、わかった……」

普段なら聞かないような悩みを聞かされ、俺はパジャマ生成に入る。

既存のものではダメっぽいので、石垣の時のように設置箇所を指定して生成することに。

「悪いけど、サイズを合わせるために、よく見なくちゃいけなくて」

「隅々まで見ていい」

千癒が制服の上着を脱いだ。

「あぁ、上着だけとってくれれば、それで大丈夫だ」

「あはは、創助くん紳士だね。下着姿にならないとサイズが測れないとか、言ってもよさそうなのに」

「詩音には嘘が利かないだろ」

「そうでした」

詩音が悪戯っぽく笑った。

そうして、俺はちょっとドキドキしつつも、三人分のインナーとパジャマを生成。

喜ぶ三人に手渡し、着替えるというので外に出ることに。

その間に、消えた焚き火に近づいて灰を収納し、風呂周りでも同じようにする。

フェンリルのマシロはすやすやと眠っていた。

少々の獣ならば石垣が阻むし、それを越えてくるようならフェンリルが応戦。

頼りになる番犬になってくれそうだ。

そんなことを考えながら、月を見上げる。太陽と同じで一つきり、色も普通だ。

能力が使えるのは不思議だし、転移も謎だが、地球という可能性も捨てきれない。

ゴブリンみたいなモンスターや、エルフみたいな亜人が現れれば、わかりやすいのだが。

まぁ、わからないものを考えても仕方がない。

「そうくん、もう大丈夫」

幼馴染みの声が聞こえたので小屋に戻ると、そこには着替えを済ませた三人の美少女がいた。

薄暗い部屋の中、窓から差し込むほのかな月明かりに、三人が照らし出される。

「さすがそうくん、完璧(かんぺき)」

「すごく温かいよ。さすがに焚き火から離れると肌寒かったから、これは嬉しいな」

「うん、このもこもこ、すごくいいよ。創助に言われたとおりに、羊を喚(よ)んでよかった」

服装で言えば、制服の方が可愛いと言えばそうなのだが。

三人の美少女が、白いもこもこに包まれている姿は、それはそれでよいものだ。

自分の生成したものを喜んで着てくれている、というのもなんだか嬉しい。

「よかった。サイズも直せるから、遠慮なく言ってくれ」

「ふぁ。そうくん、そろそろ寝よう」

「あ、あぁ。だな」

千癒に手を引かれて、部屋の端へ導かれる。

「今日はまだ、ハーレム解禁前」

端から俺、千癒、召子、詩音の順で眠ることになる。

「一応言うが、目指してはないぞ」

男の夢であることは、否定できないが。

ちなみに、絨毯を敷いたこともあって土足(どそく)厳禁とした。なのでみんな、靴を脱いでいる。

侵入者が来て靴だけ盗まれるとも思えないが、一応俺の『インベントリ』に入れておいた。

明日以降、拠点の拡大は必要だろう。

毎回俺が出し入れするのは、逆に不便というものもあるだろうし、物置きなども必要か。

いや、まずは何よりも食料か。

「……どうなるかと思ったけど、創助と合流できてよかった。お風呂とご飯と家とパジャマと毛布が手に入るとか、森の中では想像もできなかったし。ありがとね、ほんと」

召子の声がする。

「召子こそ、羊をありがとう」

「わたしは？」

「千癒様の治癒魔法は、さすがの一言にございます」

「ん。そうくんの『クラフト能力』も、さすが」

そう言いながら、幼馴染みが布団から手を出して、俺の手を握ってきた。

俺は無言で、それをそっと握り返す。

「……私も役に立ててるよう、頑張らないとね」

詩音のそんな囁(ささや)くような声が、聞こえたような……。

癒やしの魔法があっても身体に睡眠は必要なようで、俺たちは限界を迎えていた。

修学旅行のように無駄話に花を咲かせる余力もなく、眠りに落ちていく。

無人島一日目が、終わる。

◇

真っ白な空間に、黒板が浮いている。それはつい最近見た夢と、ひどく似ていた。

違うのは、席が四つしかないということ。俺、千癒、召子、詩音の四人分。

「そうくん……」

隣の席に配置された千癒が手を伸ばしてきたので、そっと握る。

急な転移の件を思い出し、怖くなったのだろう。気持ちはわかる。だが今は冷静に考えねば。

「これがただの夢かどうかは、起きたあとでみんなと話せばわかる」

「うん、創助くんの言う通りだね。この四人で呼ばれたのは、一緒に行動してるからかな」

「他のみんなはどうしちゃったわけ？」

召子も不安そうだ。

「推測だが、全員を喚んだら情報共有してしまうからじゃないか？」

「私もそう思う。最初にクラス全員が集められた時は、その情報込みで『どう動くか』を試されてた感があるよね。私は集団で無人島に行くのかもって少し考えたし、創助くんなんかは転移直前に千癒ちゃんに手を伸ばしたりした」

急に謎の黒板から質問を投げかけられた中で、どのように考え準備し回答するか。それが最初の夢。

「……あとは各々で無人島を生き抜いてほしいから、夢で全員集合はさせない?」

千癒のまとめに、俺は頷く。

「多分だけどな。今は島の全容もわからないけど、四十人もいればかなりの情報が集まるだろうし、夢が覚めたあとで合流する約束なんかもできちゃうし」

バラバラに転移させたということは、個々の行動に何かしらの期待をしているということ。

その期待が、単なる遊び感覚程度だとしても、バラバラにしたのには何か意図があるのだ。

その意図を、自ら崩壊させはしまい。

「……相変わらず、創助としーちゃん、やば」

「私たち以外に集団を築いてる子たちがいたら、その子たちも集団単位で喚ばれてるのかな」

「あぁ、そう思う。問題は、謎黒板の目的だな」

四人の視線が、黒板へ向かう。瞬間、黒板に文字が浮かび上がった。

『一日目が終了しました』

『質問です。肉と魚、これからの生活に必要なのは?』

『肉/魚』

――また質問か!

腹立たしいが、これである程度推察できることもある。今日、まったくといっていいほど獣や小動物の類いを見かけなかったことの説明が、ついてしまうのだ。

能力の時のように回答したものが与えられると想定するなら、今は存在しないと考えられる。

今日、狩猟や釣り、漁に挑んでも、成果は得られなかったかもしれない。

「……これ、さ。多分、肉とか魚をプレゼントしてくれるって話じゃないよね？」

召子の顔がひくついている。

「あぁ。多分、選んだ方が『食用に適した肉を持つ獣』『食用に適した身を持つ魚』って感じで、無人島に発生するんだと思う」

自分で言っていて馬鹿馬鹿しいと思うが、おそらくそうなるのだろう。

これはもう、地球のどこか説は捨てた方がいいかもしれない。

「……あぁ、他の子たちの回答も反映されるみたいだね」

詩音の言う通り、『正』の字が『肉／魚』それぞれの横に形作られていく。

素人が手に入れられる食料としては、まだしも魚の方が可能性がありそうに思うのだが……。

肉という言葉の持つ魅力に抗えないのか、票数で肉が勝っている。

「わたしたちは、どうする？」

「召子。マシロって、お前が頼んだら狩りはしてくれるのか？」

「え？　うん。むしろ、今日は何も起こらなくて退屈してたみたいだから」

そういうのもわかるのか。さすがテイマー。

「なら、俺たちの場合は前者の方が合っているかもしれない。海の場所はわかるが、川は見つけていないし。だが、獣の種類によっては探索が厄介になるかも……」

なんて考えていたのだが、仲間四人で結論を出す前に、『肉』が二十票を越えてしまう。

『過半数を超えたため、投票を締め切ります』

『二日目より環境に「肉」が追加』

「あぁ、そうか。考えれば当たり前だった……」

俺たち以外の投票速度は操れないのだから、決断は早く済ませる必要があるのだ。

にしても早すぎる。体感だが三分も経ってないぞ。

もしかすると、空腹や苛立ちで、正常な思考のできない生徒が増えているのかもしれないが。

肉の塊が貰えるとは思えないのだから、もう少し警戒してもいいのではないか。

「ちょ、ちょっと待ってください！　貴方の目的は？　日本に帰還する方法は？　それに、みんなは無事なんですか？」

前回の流れだと、用が済んだら夢は覚める。

だからか、慌てた様子で詩音が声を上げた。

俺はてっきり、無視されるものと思ったのだが。——黒板に、文字が躍りだす。

『目的はありません。貴方がたの言葉に落とし込むのなら、遊戯や退屈しのぎとなります』

予想はしていたが、嫌なパターンだ。

魔王を殺せば地球に帰してやる、なんて方がまだよかったかもしれない。

これでは、神隠し的に異世界に飛ばされたのと変わらない。

デスゲームなどを強いられるよりはマシと考えるのは、ポジティブすぎるだろうか。

『この状況が開始される前の状態に戻る方法は存在します。ですが現時点で貴方がたに解放はされていません。今後のアップデートをお待ち下さい』

　アップデートときたか。

　自分でゲームに例える分にはいいが、実際にそういう表現をされると微妙な気分だ。帰還の目があるのは喜ばしいが、それまでにどんな追加要素がくるのかわかったものではない。

『肉／魚』ならともかく、『ゴブリン／コボルト』とか、確実にモンスターが追加される質問がくるかもしれないのだ。

『生存者の状態はお答えできません』

　投票の仕様的に、生存者の数を数えることは可能だ。

　元々は四十人いたのだから、二択の一方に確定するには二十一票必要。

　今日はそうだったので、全員生きているとわかる。それがもし十六とかになったら、生存者の総数が三十人になっているわけなので、十人が死んだとわかる。

　数がわかったところで、健康でいてくれているかはまた別の話なのだが。

　俺は詩音に視線を向ける。『嘘がわかる能力』が利いたか知りたかったのだ。

　詩音は首を横に振った。つまり、利かなかったということ。

　まぁ、そうだろう。俺も『クラフト能力』を発動できない。

　この夢空間では、能力が使えないのだ。

『二日目が開始します』

「待ってください！　まだ――」

詩音の叫びも虚しく、視界が白く包まれ——俺たちは、夢から追い出される。

そして目覚めた時。

——こ、これは……？

俺の顔は、柔らかいものに当たっていた。

千癒の胸であった。

第二章 EPI.02

二日目

ISEKAI RAKURAKU MUJINTOU LIFE

KAMIZU HOTAMI presents Illust. by GIUNIU

目が覚めたら、おっぱいに包まれていた。

いつの間にか俺の布団(ふとん)に入ってきていた千癒(ちゆ)が、俺の頭を胸に抱えるようにしているのだ。

パジャマ越しに伝わってくる千癒の体温と匂(にお)い。

柔らかすぎる感触は決してウールだけの力ではないだろう。

「……そうくん？」

「やぁ、おはよう千癒」

この場合俺は無実だと思うのだが、果たして審判(しんぱん)はどうなるか。判決を待つこと数秒。

千癒はより力を入れて俺の頭を抱きしめた。

むにゅう、という感触と共に、千癒の双丘(そうきゅう)に飲み込まれる。

「……そうくん、謎黒板の夢、見た」

千癒の身体(からだ)は、微(かす)かに震えていた。

俺はそっと彼女の腰に手を回し、ぽんぽんと背中を撫(な)でる。

「あぁ、見たよ」

と言いたかったのだが。

巨乳で窒息している最中なので「ふぁあ、ふぃふぁふぉ」みたいな発音になってしまった。

「んっ。そうくん、くすぐったい」

急に艶めかしい声を上げないでくれ。朝の男子は大変なんだぞ。

同じ布団の中で身を捩っていた千癒が、それに気づいてしまう。

そして、膝から太ももにかけての部分を、くいっくいっと押しつけてきた。

俺は背中を撫でる手を止めて、千癒の腰を抱きしめようと動き——。

「えっえっ、何？　何が起きてんの？」

という召子の声で、我に返る。

「……おはよう、しょこちゃん」

千癒は何事もなかったかのように上体を起こし、二人の方を向いた。俺もそれに倣う。

千癒が俺を抱きしめていた場面は見られたが、布団の中のことまではわからないだろう。

ならばここは、幼馴染みが寝ぼけていたという感じで切り抜ける……ッ！

「ち、千癒っち、なんで創助の布団にいるの？」

「寝ている時のわたしの行動を、起きている時のわたしに聞かれても、困る」

堂々たる返答だった。

「あー、ね」

召子は納得したような、納得していないような、どちらともつかない声を出す。

「あはは、二人は仲良しだね」

詩音はどこか楽しげだ。

「それよりみんな、夢は見たか？」

全員が頷く。

「肉が出るらしい」

「私の能力が利かなかったね」

「取り敢えず、みんな生きてるっぽくてよかったけど……あの夢なんなわけ？」

反応は様々だが、夢を共有できていたことが確定。

「今日は、その肉ってのを確認してみたいと思う。召子、マシロの力を借りてもいいか？」

「もち！　もちもちのもち！」

よくわからないが、もちろん的な意味だろう。

「わたしとしおちゃんは？」

「二人もついてきてほしい。ここで待ってもらうよりも、フェンリルであるマシロと一緒に行動した方が安全だ」

今のところ地球の獣を想定しているが、ドラゴン肉も食用的な理屈で登場してもおかしくないのだ。俺と召子が出ている間に、ここが襲撃される可能性を思うと、置いていきたくはない。

「わかった」

「うん、私も創助くんの案に賛成かな」

やることが決まったので、全員立ち上がる。

「今日の朝食も焼きキノコだが、上手く行けば昼には肉が食えるかもな」

ちなみに昨日確認したのだが、マシロに食事は必要ないらしい。

周囲の空気から、エネルギーを取り込めるとのこと。……魔力的なやつだろうか。

「お肉、楽しみ」

「そうだね。あ、朝食の前に、顔を洗えると嬉しいかも」

「あ、あたしも」

「あぁ、そうか。じゃあ外で出そう」

扉を開け、上履きを配置し、それぞれ履いて外に出る。

桶と水を出してみんなで顔を洗い、召子がマシロをもふっている間に木製のテーブルを生成して配置。椅子も四脚用意して、卓上に焼きキノコや木の実を、木の皿に載せて置いていく。

風呂の時に配置した『水の出てくる木樽』を、ウォーターサーバー代わりに再利用。

四人で食事をとる。

「はぐはぐ。出来立てを保存していつでも出せるって、創助の能力って無限に便利だ……」

キノコを頬張りながら、召子が感動している。

「本当にすごいよねぇ。女の子としては、化粧品とかも欲しくなっちゃうけど、この無人島だと贅沢すぎるかな」

俺の目には三人とも、化粧品など必要なさそうに見えるのだが、無人島でも気になるようだ。

「そうくんなら、材料さえわかれば作れる？」

「大丈夫じゃないか？　そもそも、材料がわからないが……」

「化粧水なら、水とグリセリン。乳液なら、水と油と乳化剤」

千癒が即答する。我が幼馴染みとしても、欲しいものらしい。

「へぇ？　グリセリンに、乳化剤、ね……。よくわからんな」

「そうくんの能力なら、どっちも油脂から生成できると思う」

「油脂って、牛脂とか？」

「まぁ、そう」

「じゃあ、ちょうどいいな。油の取れる植物も採取したかったし、それと肉が手に入れば、化粧水も作れるかも」

油は一応昨日も手に入れたし、一部はクラフトに役立ってくれたが、残量が少ないのだ。

あと、なるべくいろんな植物を『アイテム化』して、食用油をゲットしたい。

「え!?　創助くん、本当!?」

「創助様救世主様～」

詩音がこれまでで一番の反応を見せ、召子に至っては拝み始めている。

「あ、あぁ。まぁ、メインの目的は肉だけど……」

俺の声が届いているのか、女性陣が必要な化粧品についてわいわいと話し合っている。

「あっ、ごめんね創助くん。なんでもかんでも作ってってって言うの、図々しいね」

俺が置いてけぼりになっていることに気づいた詩音が、申し訳なさそうな顔になった。

「あたしたち色々言ってるけど、普通に流してくれていいからね」

召子も反省した様子。

「いや、必要なものがあったら言ってもらった方が助かるよ。さすがに優先順位はあるし、難しい場合は諦めてもらったりするかもしれないけど。話し合った上で結論を出したい」

とはいえ、便利な奴扱いとかは気分がよくないので、二人の配慮はありがたい。

「わたしは遠慮しない。そうくんに何かしてもらった分、返す自信がある」

「あはは、千癒に遠慮される方が嫌だから、それで頼むわ」

思わず笑う俺だが、すぐに「返す」という発言に、想像が膨らんでしまう。

もちろん『初級治癒』とかのことだとは思うのだが、別のお礼……なんてのも千癒なら言い出しそうであった。

「えっち」

「は!? な、なんだよ急に」

「あ、あはは。創助くんって、こういう時はわかりやすいよね。『嘘がわかる能力』も要らないくらい、っていうか」

「化粧水のために、あたしらはどんなお返しを求められるんだ……」

あ、この流れ昨日もあったな。

俺をオチに使わないでもらいたいが、おそらくスケベな顔をしていた自分の所為でもあるので、甘んじて受け入れる。ポーカーフェイスの練習をした方がいいかもしれない。

朝食後。俺は女性陣の頼みで『木の櫛』を生成、三人に手渡す。

小屋に戻って制服に着替えた三人が出てくると、なるほど確かに、髪が綺麗になっている印象がある。整っている、というか。

召子は、トレードマークのサイドテールが復活していた。

「マシロー、おいでー。おーよしよし、ねえ、四人乗せるのって大丈夫？　おっ、そうかそうか、えらいなー」

寄ってきたマシロをナデナデしながら、そんなことを言う召子。

彼女がそう言うのだから、マシロは四人乗りにも堪えられるのだろう。フェンリル、すごい。

乗る順番で少し揉めたが、先頭から召子、詩音、千癒、俺となった。

改めてマシロを見る。立ち上がると、俺たちの現拠点である小屋よりも背が高い。

もし敵モンスターとして出てきたら、序盤で戦うような相手ではないだろう。

むっしゃむっしゃと食い散らかされて終わりだ。仲間でよかった。

「マシロ、よろしく頼むよ」

声をかけてみる。マシロは青い瞳でこちらを見ると――ベロリと俺の顔を舐めた。

そして、懐いた犬みたいに顔を寄せてくる。

「は、はは。よしよし」

毛並みはもふもふで最高なのだが、さすがに舐められると少し臭かった。

「お～。マシロ、どしたん？　めちゃくちゃ創助に懐いてるじゃん」

「ふふ、創助くんと合流して召子ちゃんが元気になったから、感謝してるんじゃないかな」

詩音の言葉に応じるようにマシロが鳴き、召子がボフッと顔を赤くする。

「いやいや、あたしはいつも元気だけどっ？」

再会した時、泣きながら抱きついてきたことをもう忘れているのだろうか。

俺と詩音からの生暖かい視線を受けて、召子が「なんだよー！」と拗ねている。

「わたしももふりたい」

千癒が思い切って抱きつくと、マシロが気持ちよさそうな声を出す。

「……なぁ、召子。マシロってオス？」

「……うん」

千癒の乳の感触を楽しんでいるのだろうと、俺でも察しがついた。

まぁ仲間だし、幻獣に嫉妬はすまい。いや、やっぱりちょっとは嫉妬する。

「あぁ、そうだ。肉をゲットしたら、マシロに木を倒してもらう件、頼めるかな」

「マシロならちょちょいのちょいよ！」

「そりゃいい。なら、マシロの家も作れるかもな」

「おー！　フェンリル小屋!?　いいね！」

そんな犬小屋みたいな。

取り敢えず話はそのあたりで切り上げて、マシロに乗る。

気を遣(つか)って屈んでくれたので、俺と召子が先に上がり、それぞれ千癒と詩音を引き上げた。

マシロが美少女のお尻(しり)三つを乗せたことで、嬉しそうな声を出す。

「う、うぅん。昨日も思ったけど、マシロくんにまたがる時は、スカートだと心許(こころもと)ないね」

詩音が、お尻を押さえてスカート生地(きじ)が下にいくよう調整していた。

そういえば千癒も、スカートで自転車に乗る時や電車の座席に乗る時やってたなぁ、と俺は思い返した。これを怠(おこた)ると、パンツが直接座席に触れたり、風に煽(あお)られた時に大変なことになったりするのだろう。

「森を歩くのにも、向いてる装備とは言えないしなぁ」

俺も軽く同意するのだが。

「でも、スカートをやめると、そうくんの士気(しき)が下がる」

「なんでだよ」

いや、確かに好きだけどさ。

「今日の火起こし当番は、しょこちゃんにやってもらう。これで、そうくんのおぱんつ図鑑が完成する、ね」

「作ってねぇよ、そんな図鑑」

千癒が白で、詩音が少しセクシーな黒だなんて記憶してないのである。

「……ま、まぁ、創助にはすごくお世話になってるし、それくらい、いーけどさ……」

図鑑など作っていないのだが、恥(は)じらいながらそう言われると、なんだかそわそわした。

「と、取り敢えず出発してもらおう」

ちなみに、石垣と柵(さく)以外は全て(すべ)『インベントリ』に収納している。

帰ってきたら獣(けもの)に荒らされていたとか、別の転移者に乗っ取られていた……なんて最悪だし。

「お、おけおけ。じゃあマシロ、お肉を探してね。あたしたち、そろそろマジでお肉が食べたいんだよー」

「あ、できれば豚(ぶた)……イノシシ系で」

異世界モノだと、巨大イノシシ、角(つの)が生(は)えてるイノシシ、牙(きば)が鋭いイノシシなどもいたりするが、マシロがいれば対応できそうだ。彼が立ち上がり、一気に視界が高くなる。

「うおっ」

俺は思わず目の前の千癒にしがみついたのだが、誤って腰ではなく――胸を掴(つか)んでしまう。

むにゅう、と形を変えていく巨乳の感触。

「んうっ……そうくん、さすがにマシロの上でするのは、ちょっと……」

「いや違っ。すまん、間違えた！」

急いで腕を腰に移動する。見れば、千癒の耳が赤くなっていた。

「ごめんな、千癒。わざとじゃないんだ」

「わかってる。み、耳元で囁(ささや)くの、禁止」

ぶるりと幼馴染みが震えた。無性(むしょう)に千癒の顔を確認したくなったが、今の体勢では無理だ。

そうこうしている間に、マシロがくんくんと鼻を鳴らし、身体の向きを変え、ひょいっと石垣を乗り越えて移動を開始。

彼なりに配慮してくれているらしく、乗り心地は想像していたよりもずっとよかった。

そのまま、フェンリルが森の中を駆ける。

「すごいな……！」

高速で流れる景色の速さに、俺は思わず唸った。

「でしょでしょー！」

マシロを褒められて、召子も嬉しそうだ。と、そこで徐々にマシロの速度が落ちていく。

「そろそろっぽい！」

「あぁ、わかった」

俺はいつでも武器を配置できるよう準備する。

基本はマシロ任せだが、最悪の場合、槍を構えたり斧を振るうだけでもだいぶ違うだろう。

やがて、俺たちも、それを見つけることができた――イノシシだ。

重要な点が二つ。

一つは、地球で見られるようなものと大して変わらないっぽいこと。

まぁ普通の高校生が野生のイノシシを見る機会なんてないのだが、少なくともパッと見でわかる異世界要素などはない。

もう一つは、こちらの方が重要なのだが――俺たち以外の誰かが、イノシシに追われている。

「はぁっ……はぁっ……くっ、こ、今度こそ……！」

長い黒の髪をポニーテールに結(ゆ)った、凛々(りり)しい顔つきの少女だ。

彼女はイノシシから逃げながら首だけで振り返り、手に持った杖(つえ)のようなものを向ける。

「当たって……！」

次の瞬間——差し向ける杖の先から沢山(たくさん)の礫(つぶて)が生まれ、勢いよく放たれたではないか。

——魔法!?　千癒のと違い、攻撃魔法か！

だが狙(ねら)いが甘かったのか、一つ二つしかイノシシに当たらない。

倒すには程遠く、むしろイノシシを苛立(いらだ)たせるだけ。

「創助！　どうするの!?」

「降りてる暇(ひま)もない！　マシロ、このまま行けるか！」

「そうこなくっちゃ！　マシロ、突撃ー！」

少女を助けるべく、俺たちを乗せたままマシロが加速した。

「ぶっ倒せー！　マシロー！」

主(あるじ)である金髪ギャルテイマー召子の指示に、マシロは雄叫(おたけ)びを上げて応(こた)えながら、イノシシに横合いから突撃した。

洋画とかで、逃走した犯人がトラックに撥(は)ねられて吹っ飛ぶシーンを見たことがないだろうか。まさに、そんな感じ。

ドッという音と、車が急停止したような衝撃。

そして視界の先では、イノシシが宙に舞い上がり、やがて樹木に激突。

そのまま落下し、動かなくなった。

「い、一撃か……」

——フェンリルともなると、イノシシを轢き殺せるんだな……。

「な、なにっ……!? お、狼の化け物……ッ!?」

少女は俺たちのことが見えていないのか、動転したままマシロに杖を向ける。

「待ってくれ委員長！ 俺だ！ 工野だ！」

マシロの背から叫ぶと、少女の動きがピタリと止まる。

そして数秒かけて、彼女の視線が上がり、俺たちを捉える。

「……く、工野、くん？」

四杖深法。彼女は我らA組のクラス委員で、俺の隣の席なのだ。

だから、俺と千癒、そして召子の会話もよく聞こえていたはずで。能力関連の話題を耳にした四杖は、自分ならどんな能力を持っていくかを一人考えたのではないか。

「あたしもいるよ、みのりん」「驚くよね、わかるよ四杖さん」「乗り心地ばつぐん」

召子、詩音、千癒も、四杖に声をかける。いや、千癒のはただの感想だな。

マシロに屈んでもらい、俺たちは地面に降りる。

「もう大丈夫だ、委員長。あのイノシシは、こいつがやっつけてくれたから」

「マシロって名前だよ！ 覚えてあげてね、みのりん」

召子がマシロを撫でまくって褒めながら、補足した。

「……も、もしかして、喚阿（かんな）さんが言っていた、召喚（しょうかん）能力によるもの、なの？」

やはり、四杖はあのとき俺たちの会話を聞いていたらしい。

「あぁ、そうだ」

「わ、私、助かった、のかしら」

「そうだな、もう逃げなくて大丈夫だよ」

「ふぐっ……」

生真面目（きまじめ）で、凛々（りり）しく、決して隙（すき）を見せない四杖が。

安心したのだろう、顔をくしゃくしゃにして泣き出してしまう。

俺は昨日召子から返却してもらったハンカチを取り出し、慌（あわ）てて四杖に差し出した。

もちろん『インベントリ』から出したもので、綺麗になっている。

四杖は「ありがとう」と受け取ったが、目許（めもと）を拭（ぬぐ）うことなく、俺に近づいてきた。

そして、俺の肩に頭を預ける。

「し、四杖っ？」

「ごめんなさい、少しだけ」

「あ、あぁ」

俺は最初から千癒と共に転移できたし、召子と詩音は二人で俺のところへ来た。

だが、もしたった一人で、無人島の夜を明かしたのだとしたら。

クラスメイトと再会できた感動も一入（ひとしお）だろう。

俺の手はどうしたものかと宙を掻いた末、四杖の背中を軽く撫でる。

召子は友達と言える間柄だからまだスムーズに対応できたが、四杖とは少し話すだけで連絡先も交換していない仲なので、距離感が難しい。

「うんうん、わかるよ、みのりん。森で一人とか、まじ寂しくてキツいよね」

召子は深く共感している。

「創助くんも召子ちゃんも千癒ちゃんも、とっても優しくて頼りになるから、もう平気だよ、四杖さん」

詩音は安心させるような口調で言った。

「黒髪ポニテ生真面目巨乳委員長……またハーレム要員が増えた」

千癒、お前は本当に通常運転だな。こんな状況では頼もしいが。

やがて、落ち着いてきたのか、四杖が俺から離れた。

ハンカチで目許を拭ってから、俺に頭を下げる。

「ごめんなさい、みっともないところを見せたわね」

「気にしなくて大丈夫だ」

「そうはいかないわ。私ったら、工野くんに会えて安心したからといって、はしたない真似をしてしまって……不快にさせたでしょう?」

「いや、そんなことはないさ。むしろ、ちょっとドキドキしたよ」

四杖は本気で言っているっぽいので、こちらが気にしていないと伝えるために、冗談っぽく伝えてみるのだが。彼女は顔を真っ赤にして、身体をぷるぷる震わせながら叫ぶ。

「ど、ドキドキって。その、私の所為とはいえ、み、淫らなことを考えるのは、ダメなんだからね……！」

淫らって。エロい言葉を使わないよう気を遣うあまり、逆にエロくなってしまっていることに彼女は気づいているだろうか。

いやまぁ、エロく聞こえてしまう男子の側に問題があるのかもしれないが。

四枚はハッとしたように声を潜め、深呼吸をしてから咳払い。

「こほんっ。ごめんなさい、取り乱したわ。改めて工野くん、医山さん、喚阿さん、読海さん、それにマシロさん。助けてくれて、どうもありがとう」

四枚が丁寧に頭を下げる。

「どういたしましてだよ！　こういう時は助け合いだし！」

「ふふ。私は何もしてないよ。ところで、四枚さんは一人なのかな？」

笑顔で応じる召子と、さりげなく探りを入れる詩音。

「ええ。とは言っても、遭遇したクラスメイトは、貴方たちが初めてではないのだけど」

「そうなのか？」

「その、名前は伏せるけれど、男子の二人組と森で遭遇したのよ。一緒に行動しようと言われたけれど……視線がなんだか、怖くて」

離れようとしたのだが、その二人はしばらく付きまとってきたという。

「うっわ、そういう系？　いるよね、こっちが人間だってこと忘れて、エロしか考えてない視線を向けてくる奴」

召子が唾棄するように言う。詩音と千癒も同意するように頷いていた。

「うっ」

グサグサッと心にナイフが突き立てられるようだった。

「えっ、いやいや、創助は違うよ？」

召子が焦って否定した。

「そ、そうか……？」

胸も意識してしまうし、パンツも意識してしまった記憶がめちゃくちゃあるのだが。

「ふふ、私も創助くんは違うと思うな。創助くんのは無意識っていうか、『反射的』なものって感じでしょう？　しかも、目を逸らしたり、不快にさせたと思ったら謝ってくれたりする」

「ん。わたしたちが言っているのは、『自覚的』に性的な目を向けてくる視線。相手が嫌がるとか考えず、舌なめずりするような顔をする人も珍しくない」

「それそれ！　そりゃ感想持つのは自由だけど、やめてって言ってもヘラヘラする奴とか、平気でいてマジむかつくんだよね！」

よく言われることだが、仮に派手な格好をしていても、それは異性へのアピールとは限らない。本人が好きな格好をする権利はあるはずで、それに下卑た視線を向けるのは無礼だろう。

相手が嫌がったら控える、程度の理性は持っていたいものだ。

「……三人とも、工野くんと仲がいいのね」

ふっと、四杖が微笑ましげに笑った。

「けれど工野くん？　三人全員に、気づかれるくらいの頻度で邪な視線を向けているのは、好ましくないと思うの」

「はい……」

「わたしは、そうくんならいい」

「創助くん紳士だし、ここにきてからすごくお世話になっているし、私も平気かな」

「うっ……あたしも、す、少しくらいなら」

三人は俺を庇ってくれたのだが、その回答に四杖がドン引きしている。

「工野くん、貴方、一夜で一体どんなことを……」

四杖は耳まで真っ赤にしているが、彼女が想像しているようなことは起きていないと思う。

その、千癒との進展以外は、だが。

「取り敢えず、イノシシを回収して、拠点に戻ろう。四杖、嫌でなければ一緒に来ないか？

話も聞きたいし、食事も出せるぞ」

四杖が俺と行動したくない場合は、それだって彼女の選択だ。

なんなら資源を分けてもいい。召子も言ったように助け合いの精神もあるし、それをするくらいの好感を四杖に抱いている、というのもある。

学校という環境で、周囲にもルールを守らせようとする真面目な二は、疎まれがちだ。

四杖はそれでも、いつも正しく在ろうとし、頑張っていた。

隣の席程度の関係だが、俺はそんな四杖が嫌いではなかったのだ。

「……そ、その、お願いするわ。さ、さっきは変なことを言ってしまったけど、私だって工野くんのことは信じているから」

何か、信じてもらえるようなことがあっただろうか。

まぁ、それを聞くのは野暮というものだろう。

俺はイノシシの方へ向かい、『インベントリ』に収納。

初めて『インベントリ』を見た四杖が驚く中、マシロに近づいていく。

「マシロ、五人は乗せられる？　え？　みのりんなら死んでも乗せる？　あは、えろだなー」

その後、気合いを見せたマシロは本当に全員を乗せて走り出す。

「わ、私が選んだのはっ、物語に出てくるような魔法使いのような力だったのだけどっ、イメージした魔法使いの影響か、能力は『属性魔法』になっていたわっ」

召子、詩音、千癒、俺ときて、四杖が一番後ろに乗っている。

なので俺は、幼馴染みの腰を掴みながら、委員長に腰を掴まれているという状況。

前からは千癒のいい匂いがし、背中には四杖の胸が押し当てられている。

行きで騎乗を経験した俺や千癒とも違い、四杖はこれが初めてのフェンリル。

道中で話を聞くことにしたのだが、彼女の声は緊張からか跳ねたり上擦ったりしている。

「属性魔法か。千癒との棲み分けもできそうだな」

「ん。上位互換が現れて、ぽいされる心配はなくなった」

「そんなことするわけないだろ」

俺が少し怒ったように言うと、千癒が「わかってる」と嬉しそうに呟(つぶや)く。

嬉しそうとは言っても、声に抑揚(よくよう)はないので、普通の奴にはわからないかもしれない。

「今打てるのは、『火球(ファイアボール)』、『石礫(ストーンバレット)』、『風刃(ウインドカッター)』、『水壁(ウォーターウォール)』の四つで、魔法で作ったものは、長くは残らないようなのっ」

いかにもゲーム的で、慣れた者からすると効果もイメージしやすい。

やはり、現在は初級魔法的なものしか使えないようだ。

「あー、なるほど。魔法それ自体で飲み水を確保したり、火をつけたりをさせない仕様(しよう)なのかもな……うぉっ」

拠点に残した石垣が見えてきて、それをマシロが飛び越えた瞬間。

四枚の胸が、たわんっと俺の背中を擦(こす)り上げ、落下に合わせて、ぽにょんっと擦り下ろした。

「ひゃっ」

おまけにそんな声を上げるものだから、俺も声が出てしまうというもの。

「おつかれさま、マシロー」

「みのちゃん、手をどけないと、そうくんが降りられない」

千癒の言葉に、四枚が「そ、そうねっ！」と俺から手を離し、みんなと共にマシロの背から降りた。

「ごめんなさい、工野くん。落ちるかもと思って、強く摑んでしまったわ」

四杖の顔が赤い。最後の密着を恥じらっているようだ。

「いや、大丈夫。マシロは俺たちに気を遣って走ってくれてるから、安心していいよ」

「え、ええ。だけど、その、私、昨日からこの格好で、その、汚れているでしょう？　貴方の服、洗ったみたいに綺麗だから、汚してしまったらと思うと申し訳なくて」

四杖の話ばかり聞いて、こちらの話をできていなかった。

「創助創助！　ご飯にしよ！　みのりんも、お腹空いてるっしょ？」

そこに召子が入ってくる。

「ご相伴に与ってもいいのかしら。このような環境では、食料は貴重でしょう？」

本当に真面目な子だ。

「仲間になればいい」

「そうだね。今、うちの戦力はマシロくんに偏っているから、四杖さんが味方になってくれたらありがたいかも。創助くんはどう？」

千癒と詩音の言葉に、俺は頷く。

「そうだな。四杖なら信頼できるし、仲間になってくれるのなら頼もしいよ。もちろん無理強いはしないし、断る場合でも食事はしていってくれ」

今、俺たちは全員行動が基本になっている。

これは詩音が言ったように、武力をマシロが担っているからだ。だが『属性魔法』持ちが加われば、二手に分かれての行動も可能になる。探索や生活の幅が広がるということだ。

「断るだなんて、そんな……。私の方こそ、お願いするわ。その……こんな雰囲気のいい集団に、私を加えてくれるなんて、ありがとう」

　昨日の男子二人組に向けられた下卑た視線が、彼女のトラウマになっているらしい。

「創助はえろだけど、いい奴だから安心していーよ、みのりーんっ」

　召子が歓迎するように四枚に抱きついた。

「きゃっ。喚阿さん……！　もう……服が汚れてしまうわよ？」

　四枚は困ったような、それでいてくすぐったそうな、柔らかな笑みを浮かべている。

「いいもーん。うちには創助印のお風呂があるもーん」

「えっ？　お風呂……？」

「あー……よし。取り敢えず二班に分かれよう。料理組とお風呂組だな」

「わたし、料理組」

「あ、私も少しはお手伝いできるよ」

「じゃあ、あたしとみのりんがお風呂組だね。お風呂、沸かしたげるよ」

「ほ、本当にお風呂があるのね……？　創助印と言っていたし、工野くんの能力で作成したのかしら」

「詳しい説明は食事の時にでもするとして、ざっと用意しておくな」

　俺は風呂道具一式を配置。

「……す、すごい。なるほど、クラフトに関連する道具の格納と配置が能力に含まれているのね。工野くんが『どこでもクラフト可能な能力』をイメージしたことで、それを実現する形で能力が構築されたのかしら」

「多分、そんなところだと思う」

会話しながら、巨大石畳と火起こし器も配置する。

「そうだ、四杖さん。道具の使い方を説明するね」

「ん。あと、脱衣かごに服を入れたら、衝立の外に出すこと。説明は省くけど、そうくんが綺麗にしてくれる」

詩音と千癒が四杖の背中を押して、お風呂場に連行していく。

残されたのは俺と、顔を赤くしている召子だ。

「じゃ、じゃあ、今日はあたしが火起こし当番、ってことで」

そういえば今朝、そんな話をしたのだった。

「あ、あぁ、よろしく頼むよ」

前の二人がしたように、石と板を押さえてもらう。

俺は紐に集中して、両手で交互に引っ張るのだが。

「あのさ、創助。その、さっきのこと気にしてるかもしれないけど。創助は、別だからね？」

「男の視線の話か？　あぁ、わかってる。さっきもフォローしてくれたじゃないか」

「そ、それに、嫌だって言ったらやめてほしいけど、いいよって時は……いいから」

そこで、俺は今朝の会話の続きを思い出す。千癒がおぱんつ図鑑などと言い出した時だ。

――『……ま、まぁ、創助にはすごくお世話になってるし、それくらい、いーけどさ……』

と、召子は言っていた。

それと今の発言が繋がっているなら……。

俺はごくりと唾を飲み込み、そっと視線を上げる。するとそこには、足を広げた召子と、彼女の穿いているピンク色でレースのついたパンツが目に入った。

「あは、やっぱ創助、えろだなー」

からかうように言いながら、召子の頬は赤く染まっている。

その顔がとても可愛くて、心臓が跳ねた。

「煙、出てるよ」

「あ、あぁっ。そうだな」

俺は慌てて火種をゲット。焚き火を用意し、召子には風呂の方へ火を移してもらう。

さて、イノシシ肉の料理だ。

念願の肉だというのに、先程の召子の顔がしばらく頭から離れそうにない。

◇

四枚の案内が済んだ詩音と千癒が、こちらに戻ってくる。

「ところで、イノシシ肉ってどう食うんだ？」

「ぼたん鍋？」

俺の問いに、千癒が首を傾げながら言う。

「あー、なるほど」

「その前に創助くん。今ある食料について、教えてもらってもいい？」

詩音が真剣な顔で言う。

転移時に持っていたヘアゴムを使用し、髪もお団子にまとめられていた。

「りょ、了解」

俺は調理用にと大きめの木製テーブルを出現させ、そこに食材を置いた。

それを詩音が検めていく。

「あ……！　昆布があるね、これでダシがとれるよ」

俺が木を伐採している間、千癒はカゴを背負って砂浜でアイテム拾いをしてくれていたのだ。

「それは、千癒が砂浜で集めてくれたやつだな」

「ん、漂着してた」

「『インベントリ』でも『食用可』になってるから、大丈夫だ」

「うん。それに創助くんが収納したことで綺麗になってるだろうから、安心して使えるよ」

「そうか。にしても、ダシか。魚が出現したら、鰹節とかも作れるようになるかもな」

「いいね！　創助くんの能力は本当万能ですごいよ」

詩音がはしゃいでいる。料理が好きなのだろうな、と伝わってきた。

「『さすがです、そうくん』」

定番となりつつある、千癒からの褒め上げも受け取った。

「日本人としては、醤油とか味噌も欲しくなるが……」

作れるとして、材料がこの島で手に入るようになるまでどれくらいかかるのだろう。

塩は海からゲットできるから、取り敢えず大豆が手に入れば、道は開けるか……？

複雑な製造過程は、『クラフト』能力が担ってくれるわけだし。

「だねぇ、でも素朴な味のお鍋って感じで食べられると思うよ。この中だと、キノコも入れられるね。取り敢えず今回はこれでいくけど、今日の探索でお野菜とれたら、もう少し見栄えもよくなるかな」

「おぉ～」

朝食は軽く摂ったが、話を聞いて腹が減ってきた。

「あとは、お塩で食べられるから焼き肉もいいかも」

「焼き肉か！」

「網がないから、石の上で焼くことになるかな？」

「任せてくれ。いい感じのを生成するよ」

「ふふふ、よろしくね。これが早めのお昼だとして、夕食は焼き肉にしようか」

「だな─

「異議なし」

千癒はじゅるり、と涎を啜った。

「それと創助くん、かまどを作れるかな？」

「あー、確かにあった方が便利だな」

詩音に言われて、レシピを探すと、どうやら作ることができそうだ。昨日は見かけなかったので、やはりそれを作れると気づくかどうかは、レシピ解放の条件の一つと言えるだろう。俺がイメージするまでもなく追加されるレシピもあるので、素材の発見それ自体も重要な要素に違いない。

というわけで、かまどを作る。

要は、火力を集中させるためのものなので、火を囲えればいい。

俺には『石材』の在庫がまだまだあるので、生成は簡単だった。

それにしても石は便利だな……。今後も岩とか発見したら、積極的に『アイテム化』しよう。

「わっ、ありがとう！」

パッと星が瞬くように、詩音の笑顔が弾けた。

「こちらこそ、料理知識には疎いから助かるよ」

早速火をつけてみる。ぼたん鍋を作るということで、土器の鍋と、水を入れた樽も配置した。

「ようやく、少しは役に立てそうで嬉しいな」

気にしなくていいと言いたいが、彼女は肩身の狭さを覚えているのかもしれない。

確かに、他の仲間が結構わかりやすいチートなのに対し、詩音の能力は地味めだ。

別勢力との関わり合いとかが生まれれば、すごく貢献してくれそうなのだが。

「そうくん、わたしだって少しは料理できる」

「あはは、わかってるよ」

うちの母と一緒に料理を作ったこともあるし、何度かお弁当を作ってくれたこともある。

普通の料理と、この環境で手に入る食材の調理とでは、勝手が違うというだけ。

「ぐぬ……卵があれば、そうくんが大好きな卵焼きを作るものを……」

表情を変えぬまま、悔しげに拳を握る千癒。

「卵もいいねぇ。すき焼きみたいに、鍋のお肉をつけたりして」

「うわ、美味そう」

「ニワトリも鶏『肉』扱いで、この島に配置されてる可能性？」

千癒の発言に、俺はうぅんと唸る。

「家畜化されてる動物を配置してくれてるかは謎だな」

そもそも突如として獣を島に配置する力がおかしいので、大自然に家畜が出現しても驚きはしないのだが。

「いたら、捕まえて飼う」

「ありだな」

「あ……！」

石のナイフを使用し、みんなでイノシシ肉を薄切りにしていた時、詩音が急に声を上げる。

「ど、どうした？」

「あのね、昨日、召子ちゃんに羊を召喚してもらったでしょう？」

「だな」

おかげでウールを大量ゲットし、温かくして眠れたのだ。

「それで、刈り取った羊毛は消えなかったよね。じゃあ——お乳はどうかな？」

「なるほど、ミルクってことか……！」

ミルクと言えば牛乳という固定概念があったので、気づけなかった。

「羊のミルク、どんな味？」

「えぇとね、前に一度飲んだことがあるけど……濃厚？　こってり？　沢山は飲めないけど、栄養もあるみたいだし、とれたら嬉しいね」

「欲しいけど、微妙なところだな。召喚した生き物の肉は『食用に転用不可』だったろ？　ミルクが、羊毛みたいに採取物判定なのかどうかだな」

「これまでの経験から考えると、召子ちゃんの認識が重要だよね」

「だな。召子が戻ってきたら、聞いてみるか」

「うん、そうしよ」

と、ちょうどいいタイミングで召子がやってきた。

「ふ〜。みのりん、あとは自分でできるって。創助、みのりんの服、綺麗にしてくれる？」

俺の近くに脱衣かごを置く召子。

「おぉ、おつかれ。ところで召子、ミルクってとれるか？」

俺は四枚の服を収納しつつ、逸る気持ちで彼女に尋ねる。

召子は一瞬固まり、それから顔を赤くした。

「はぁ!?　なに!?　セクハラ!?」

そしてその豊満な胸を庇うように、腕を交差させる。

「あはは、創助くん……」

「言葉足らず」

詩音が苦笑し、千癒が冷静に指摘。

「あぁ違うんだ！　すまん！　今、羊の乳はとれるかって話をしてて……！」

俺は慌てて弁明することになった。

四枚が風呂場にいてよかった。ここにいたら『淫らな！』と怒られていたことだろう。

詩音印の鍋はみんなから好評だった。
ここに転移してくる前だったら味が薄いと感じたかもしれないが、たった一日でも無人島生活を経た今、まともな料理のありがたみが染み渡る。

なにせ、今日の朝までキノコと木の実が主食だったのだ。

用意された分は、きっちりみんなの腹の中へと収まった。

「美味しかったー」

召子が満足げに腹を撫でている。

「ごちそうさま。お風呂といい、美味しい食事といい、本当にありがとう」

四枚が丁寧に礼をする。

制服も綺麗になっており、肌や髪も美しさを取り戻している。

食事も満足したようだが、やや瞼が重たそうだ。

「四枚、少し寝たらどうだ？」

「そんな。貴重な日中だもの、採集とか、できることをやるわ。少しは恩返しをしないと」

「だけど、その様子じゃ昨日はきちんと眠れなかったんだろう？　幸い、俺たちは今日明日の食料に困ってるわけじゃない。今はゆっくり休んで、頑張るのは元気になってからでいいさ」

他の三人も同意してくれた。

「……本当にありがとう。それじゃあ、お言葉に甘えさせてもらおうかしら」

「じゃあ、小屋で休んでくれ」

俺は仕舞ってあった小屋を、定位置に配置する。

「……!?　け、建築物も『クラフト能力』の範疇なの？　いえ、小屋ならば、確かに個人で作る方もいるわよね。いえ、でもそれでいくと、ログハウスなども……うぅん」

四杖が動揺する中、俺は小屋に入って絨毯を配置し、毛布も手許に出して、四杖に手渡す。

「小屋では靴を脱いでくれ。あと、これ毛布な」

「すごい、ふかふか……。なにからなにまで、ありがとう」

「いいさ」

「工野くんはすごいわね。安易な理想ではなく、無人島という環境においてネックとなる『道具の不足』『技術の不足』『時間配分』などを一挙に解決する能力を選んだんだもの」

なんだか四杖が尊敬の眼差しを向けてくるのだが……。

「あ、あはは……」

俺は苦笑するに留めた。

実はこれ、ゲームをやってて欲しいと思った能力なんだ……。すごく役立つけど、普通に安易な理想で選んだんだ。――なんて言える空気ではなかった。

「感謝して、大切に使わせてもらうわね」

「あぁ、おやすみ」

「ええ……お、おやすみなさい」

四杖が照れたように言って、小屋の中に入っていく。

「あたしたちはどうする？　みのりんを一人にするのはダメだし」

召子の言葉に、俺は頷く。

「さっきみたいに、二つの班に分かれよう。探索と留守番だな。戦力配分的に、悪いけど召子とマシロは探索に回ってもらう」

「おけおけ！」

武力担当はマシロだが、マシロは召子が呼び出した幻獣だ。

俺たち仲間のことは気に入ってくれているらしいが、咄嗟の指示などは召子がいてくれた方がいいだろう。

「じゃあ、わたしも探索に回る」

「千癒、いいのか？」

「任せて。そうくんの胃袋を掴み直すために、ニワトリ捕獲してくる」

なんだか幼馴染みが燃えている。詩音の料理の腕を見て、対抗意識を覚えたようだ。

「その、見つからなかった場合は、適当なところで切り上げるんだぞ」

「りょーかい」

「それじゃあ、私と創助くんで留守番だね」

「あぁ、四枚もさすがに男と二人きりじゃ気が休まらないだろうし、頼めるか？」

「もちろん」

詩音がニッコリ微笑み、班結成は完了。出発する前にと、召子に羊召喚を頼んでおく。

「羊のお乳だよね、大丈夫だよ」

そう、どうやら乳をとっても問題ないらしい。

「そうくんなら、チーズも作れる？」

「チーズって、ミルクだけで作れるのか？」

「確か、レンネットが必要なんだよね」

「あー、なんか聞いたことあるな。牛の胃袋だっけ」

「牛も捕獲、了解」

「いや、無理はしないでくれ」

やる気があるのはいいがまだ二日目。無理してあれもこれもと手を伸ばすことはないだろう。

取り敢えず、採取用の背負いカゴを二人に渡す。

「おー、いいね。よし千癒っち。どっちが沢山採取できるか、勝負する？」

「望むところ」

召子がマシロを呼び寄せている時、千癒が俺の方へ近づいてきた。

そしてつま先で立ち、俺との身長差を一瞬で縮めながら、ちゅっと唇を寄せてくる。

「ち、千癒？」

「そうくん。この状況では、ハーレムも甲斐性」

この状況で、それを言うということは……。

「……千癒は嫌じゃないのか？」

「問題ない。最後にこの千癒の横にいればいい」

お、男前……。

「それに、好きな人の魅力が他にも伝わるのは、悪くない」

そう言い残し、千癒は召子と共に拠点を出ていく。

残されたのは、小屋の中で眠る四枚と、羊と俺と詩音だった。

「あー……と、取り敢えず乳搾りからやるか」

「うん」

気まずさを誤魔化すように木製のバケツを配置し、二人で手分けして乳搾りに挑戦。

最初こそ苦戦したが、少ししてコツを掴むと、乳が勢いよく出てくるようになった。

「きゃっ。すごい、こんな勢いよく出てくるんだね……」

そんな詩音の声だけ聞くと、よくない妄想が頭に広がってしまうが、なんとか振り払う。

「ねぇ、創助くん。少し、私の話を聞いてくれる？」

「あぁ、もちろん」

無言で乳搾りせずともいいだろう。

「クラスでの私の印象ってどうだった？」

「どうって……馴染んでたし、人気者に見えたけど」

「あはは、ありがとう。そう見えてたなら、よかった。でも、そのために、私は毎日気が抜けなかったよ。チャットアプリは常にチェックして、最新の話題についていけるように興味がなくても調べたり観たりして。友達の言ったことは忘れないよう覚えて、適切な相槌を打てるようにしておくの」

小学生の頃は、そんな努力をしなくても、友達とは勝手に趣味が合ったりした。

特撮だったり、人気のコミックやアニメだったり、売れてるゲームだったり、自分も興味のあるものを押さえておけば、友達とそれで盛り上がれたりした。

しかし中学高校となると興味が分散していき、好きなアーティスト一つとっても多種多様。ピッタシ同じ趣味の友人を見つけるのはなかなか難しくなってくる。

それでも仲良くなることはできると思うが、幼い頃より複雑になるのは確かだ。

「だらしない格好だと評価が下がるけど、あんまり頑張るとそれはそれで白ける人がいるから、ちょうどいいバランスを探ったりして。それでも完璧にはうまくできないんだ。男の子からの告白を断ると、その子を好きだった女子から嫌われちゃうこともあるし。だからって、受けるわけにもいかないしで、いつも息苦しかった」

男子には男子の良さと面倒くささがある。女子にもそれがあるのだろう。

千癒も中学時代、その可愛さとクールさから嫉妬を買い、一部の女子に敵視されていた時期があった。本人は気にしていなかったが、俺が介入すれば余計にややこしくなることは察せられたので、何もできず悔しかった覚えがある。

「だから、同じクラスになって召子ちゃんと仲良くなれた時は、びっくりしたよ。すごくさっぱりした子で、裏表がないから、余計なことを考えなくてよくて」

「あぁ。言ってることと内心は違うんだろうな、って奴はいるよな」

「ね。だから、私は『嘘のわかる能力』が欲しかったの。無人島でも、クラスというくくりに縛られてしまうと思ったから。せめてその中で、上手くやっていけるように」

別に友達が少なくても、クラスカーストのトップでなくても、楽しい生活は送れる。

しかし、そのあたりを気にする者が多いのも事実だし、気持ちは理解できた。

詩音は詩音で、『上手くやること』にこだわるようになった経緯があるのだろう。

「一人で生きていける能力を選ぶ、って手もあったんじゃないか？」

「あはは、創助くんは強いね。でも、一人は寂しいでしょう？」

「そう、かもな」

俺には最初から千癒がいた。だから無駄にくよくよしないで頑張れたし、心が折れることもなかった。だが一人で飛ばされた奴らは、不安で心細く感じたことだろう。

「あとね、みんなに役立つ能力は欲しくなかったんだ。だって、絶対によくないことになる」

便利屋扱いされたり、その能力を使うことを前提にされたり、か。

人を癒やす力があるんだから、どんな些細な傷でも全力で治してまわれと言われたり。

生活に役立つものを作れるんだから、あれもこれもそれも作れと言われたり。

幻獣を使役できるんだから、そいつに命令して狩りをしろと言われたり。

俺たちは助け合いの精神でやっているが、その健全なバランスは、いつ崩れるともしれない脆いものだ。多分、クラスメイト全員と合流してしまえば、今の俺たちのような心地よい雰囲気は失われてしまうだろう。

今の仲間は俺の能力に感謝してくれるし、逆に俺だってみんなに感謝している。

けれど、そういう気持ちを持たない者は絶対にいるし、こちらを道具扱いする者だって生まれるだろう。

　詩音はそれを恐れて、集団で上手く立ち回れる能力を選んだのかもしれない。

　まぁ、彼女の目論見は若干外れ、全員バラバラに転移したわけだが。

「だからね、創助くんのことを、本当にすごいと思うんだ」

「俺はあの時、自分のことしか考えてなかったよ」

　夢だと思って、空気を読まなかっただけなのだ。

「でも、咄嗟に千癒ちゃんの手を摑んで、一緒に転移した。幼馴染み同士で助け合うだけじゃなく、召子ちゃんと私を受け入れてくれた。四杖さんのことだって」

「みんなが美少女だから、いい顔をしているだけかも」

「嘘だね。だめだよ創助くん、私に嘘は効かないんだから」

「そうだったな」

「それにね創助くん。君の優しさには嘘がなかった。もちろん今みたいな冗談は除いて、ね」

「どうしたんだ？　照れるぞ」

「創助くんは、少しえっちかもしれないけど、でも人に優しさを向ける時、下心を抱いたりしてない。それって素敵だと思うよ」

　言わんとしていることは、なんとなくわかった。

　人が荷物を落とした時、それがクラスの美少女なら拾うのに、そうでない子の場合は無視する、なんて男子は珍しくない。

優しさ単体ではなく、下心のあとから優しさを演出しているのだ。

「それは俺がすごいんじゃなくて、親の躾だな」

目の前で困っている人がいたら助ける、という程度のことなのだ。

「なら、優しい親御さんと、その教えをしっかりを守ってる創助くん、どちらも素敵だね」

なんなのだろう、この空気は。妙にこそばゆい。

「え、えぇと。乳搾り、そろそろ良さそうだな。一旦『アイテム化』するよ。あ、みんなに内緒で、俺たちだけ先に飲んでみるか？」

自分の分と、詩音が搾った乳も収納し、場の空気を変えようと試みるが……。

「ううん、それはあとでいいかな」

立ち上がった詩音が近づいてきて、俺の手をとる。

「し、詩音？」

「お風呂場がそのままだから、衝立の方に行こっか」

彼女に手を引かれるまま、俺は風呂場に移動。

「どうしたんだ？　風呂に入るなら、沸かすけど……」

「ふふ。あのね創助くん、私の話を聞いてもらって、わかったと思うけど。私は、この集団でも上手くやっていきたいの。嫌な嘘をつかない、いい人だけの空間。上手くやるっていうのは、私自身が、ここにいていいって思えなきゃダメなんだ」

「……能力の違いのことなら、気にする必要はないぞ。今後頼りにする場面がくるだろうし」

「そうだね。でも今、私の貢献度は足りてないと思うな。このままじゃ、貰いすぎ。だから、返していかないと」

詩音が俺に身を寄せ、背中に腕を回してくる。

「千癒ちゃんの許可はもらったでしょ？　大丈夫、女の子同士の話し合いも済んでるから」

千癒のあの発言は、この展開を予期してのものだったのか。

詩音が、潤んだ瞳で俺を見上げた。

「創助くんの役に立たせてほしいな」

俺の心臓はバクバクと跳ねていた。

「ねぇ、創助くん。私じゃ……ダメかな？」

「い、いや、そんなことはない、けど」

「けど？」

「し、詩音は本当にいいのか？」

俺の言葉に、詩音は目を曲線に緩め、淫靡に笑う。

「創助くんならいいよ」

幼馴染みからの許可があり、相手が乗り気で、自分も相手を好ましく思っている。

ここまで条件が揃っては、もはや断る方が無礼だろう。

「じゃあ……頼む」

「はい」

詩音はそのまま屈んで、俺の制服のベルトを外し、そのままズボンを下ろしていく。

「わっ……もう膨らんでる。期待してくれたのかな？」

詩音がそう言いながらパンツに手をかけ、くいっと下ろすと。

俺のあれが、ボロンッと空気に晒された。

「こ、こういう感じなんだ……初めて見た……」

詩音がぼそっと言いながら、それを注視している。

「詩音？」

「う、うん。大丈夫だよ。えぇと、それじゃ、始めるね」

細い指先が、小指から順にまとわりつく。それだけでビクリと震えてしまう俺。

「あの、下手だったらごめんね？　友達の経験談とかは聞いたことあるし、話を合わせるためにちょっと調べたりもしたんだけど、私、恋人とかいたことないから……」

「だ、大丈夫……。それより、詩音」

ここから焦らされるのは堪らず、急かすような声が出てしまう。

「あ、そうだよね。動かしていくね」

しゅっ……しゅっ……しゅっ……しゅっと、規則的に詩音の手が動く。

「く、ぅっ……」

「ごめん、痛かった？」

「いや、そうじゃない……」

不安そうな表情になった詩音が、俺の顔を確認して、笑顔を取り戻す。

どこか、悪戯っぽい笑みだ。

「じゃあ……気持ちいい？」

「あ、あぁ」

「そっか。力加減は、今のまま？　もっと強く？　弱く？」

俺は彼女に嘘が通じないことを思い出し、質問には正直に答えることにした。

「つ、強く」

少し触れる程度だった手が、握って扱くような加減に変わる。

「速さは？　今のまま？　もっと速く？　遅く？」

「速くで頼む……」

しゅっしゅっ、しゅっしゅっと、詩音の手が行き来する。

「こんな感じ？　これが一番気持ちいい？」

俺は言葉も出せず、ただこくこくと頷いた。

一から十まで、笑顔でこちらの要望を聞いてくれるという状況に、とんでもなく興奮を煽られていた。

「そっか。嬉しいな。じゃあこの動き、覚えておくね？」

詩音は学生生活を円滑に進めるため、友人の話を忘れないようにしていたという。

そんな彼女からすれば、俺好みの動きを記憶するくらいはわけないのかもしれない。

だが、彼女の頭にそんな情報が記録されるのだと思うと、馬鹿みたいに血が熱くなった。

そのまま、彼女の手は動き続ける。

「創助くんが安心して楽しめるように、しっかりと伝えておきたいんだけど」

しゅっしゅっ、しゅっしゅっ、しゅっしゅっ、しゅっしゅっ。

その先には、詩音の綺麗な顔があり。彼女が話す度に、吐息が竿に吹きかかる。

「これは、私がやりたくてやってることだから」

腰が浮きそうになるほどの快楽に、俺は歯を食いしばる。彼女の手が上下運動をする度に、彼女の黒い髪が揺れ動き、豊満な胸部がゆっさゆっさと音を立てるように揺れ動いていた。

「さっきも言ったように、私自身がこの集団に『自分もいていいんだ』って思うために必要でもあるし……それだけじゃなくて」

千癒の時もそうだったが、自分でするのとは、同じ行為でも、まるで違う体験だった。

手で扱くという行為そのものから得られる快感だけでなく、詩音にそれをしてもらっているという非現実的な現実が、快楽を何倍にも高めていた。学年中の男子が思わず見惚れるほどの美少女が、自分とは縁のない人間だと思っていた子が、今、俺と一緒に生活していて。

俺の前に膝をつき、懸命に手を動かしているのだ。

「初めて、素敵だなって思える男の子に出会えたから」

「し、詩音っ」

「私、この能力が手に入ったら、今よりずっと立ち回りが上手くなる代わりに、今よりずっと人を信じられなくなると思ってた。女の子が互いに言い合う『可愛い』に込められた嘘も突きつけられるようになるし、男の子の優しさや気遣いが純粋なものでないことも鮮明になるし、きっと辛いだろうなって」

詩音は言いながら、左手だけで器用に自分の制服のボタンを外していく。

露わになる暴力的なまでの双丘と、黒いブラ。

「創助くんは優しいけど、人並みに欲もあるはずでしょう？　その発散、手伝わせてほしいな」

詩音の上気した顔と、上から見下ろす谷間の破壊力に、限界が近づいてくる。

「詩音っ……」

「いいよ、創助くん。どこに出したいかな？」

詩音が窺うように俺を見上げた。

右手をしゅっとしゅっと動かしながら、左手で自分の身体を指差していく。

「顔？」彼女の清楚可憐な顔に目が行く。

「口？」その桃色の唇が、ぷるぷると動いている。

「それとも、お胸かな？」彼女が胸を開いた理由がわかって、俺は「ぐっ……」と唸った。

堪えねば暴発してしまうところだった。

「ふふっ、反応でわかっちゃった。お胸、だね。千癒ちゃんみたいな可愛くて胸の大きい幼馴染みがずっと隣にいたら、巨乳好きになっちゃうのも無理はないよね」

「やばいっ、もう……！」

「きて、創助くん。ぐつぐつしてたもの——びゅ〜〜〜って、全部吐き出して」

ホースで水を撒く時、途中でホースを踏んでから離すと、勢いよく水が飛び出す。

俺の白濁液も、まるでそんなホースのように、凄まじい勢いで放出された。

「わっわっ……すごい……あっつい……。うん、大丈夫、最後まで出し切って。びゅ〜、びゅ〜、びゅ〜〜〜〜」

子供をあやすような優しい声で、最後の一滴まで搾るように優しく手を動かす詩音。

出し切ったあと、先端から垂れる滴さえも、詩音は手と胸で受け止めてくれた。

「ふふ……黒い下着が真っ白に染められちゃったね」

俺は荒い息を吐きながら、それでもなんとか「すまん」と呟く。

詩音の胸はドロッドロになっており、谷間には白く濁った湖ができてしまっている。

さぞ気持ち悪いことだろう。

「どうして？　沢山気持ちよくなってくれたんなら嬉しいよ。『インベントリ』に入れたら綺麗になるんだし、気にしないで。胸も、拭けばいいし」

詩音の顔を見ると、怒るどころか、どこか達成感のようなものを滲ませていた。

「創助くん、こんないっぱい溜め込んでたんだ。男の子ってムラムラすると、出すことばかり考えちゃうって聞いたけど。こーんな溜めてて、あんな紳士的な反応をずっと続けてたんだ。すごい自制心で、すごく優しいんだね」

「買い、被りすぎだ」

結局、誘いに乗ったわけだし。

「どうかな。ねぇ創助くん、タオル貸してもらえる？」

「あ、あぁ、もちろん」

『インベントリ』からタオルを出し、詩音に手渡す。

てっきり汚れてしまった胸を拭きたいのだと思ったのだが……。

彼女はそのタオルで、俺の竿を丁寧に拭き始めた。

「おつかれさま、創助くん。気持ちよくなってくれてありがとう」

天然なのか、役立ちたいという思いが叶ったことで出てきた言葉なのか。

どちらにしろ、微笑んでそんなことを言われては、ドキドキするなという方が無理だった。

「え？　あ、あれ、創助くん。男の子って、一度出したら、小さくなるんじゃ……」

気づけば、再び天を向いている俺のあれを見て、詩音が目を白黒させる。

それから、また妖艶な顔つきになり、俺を見上げた。

「ねぇ、創助くん。まだまだ、創助くんにもらったものを返せているとは思えないから、チャンスをもらえるならもっとお返しをしたいと思ってるんだけど……いいかな？」

俺は一瞬、木の衝立越しに小屋の方を窺う。

「大丈夫だよ、さすがに扉が開いたらわかるから」

タオルを使ったまま、こす、こす、とゆっくり擦り上げながら、詩音が囁く。

「詩音……」

「なぁに?」

頬を朱色に染めたまま、甘い声で首を傾げる詩音。

「も、もう一回、頼んでもいいか?」

俺が正直に頼んだ瞬間、彼女が満足げで、嬉しげな笑みの花を咲かせた。

「ふふふ、もちろん。むしろこっちからお願いしたいな。創助くん、またご奉仕させて?」

彼女はタオルを膝の上に乗せ、再び白い手で俺のものに触れる。

「次はどこに出したい?　……創助くんのことだから、またお胸かな」

「うっ」

それからしばらく。

青空の下、衝立に囲まれただけの野外に、しゅっしゅっと何かを扱くような音が続いた。

◇

詩音に複数回処理してもらったおかげで、随分と腰が軽い。

終わって冷静になってみても、とんでもないことをしたと思う。十年来の幼馴染みと気持ちを確認し合った翌日に、学園でも人気の女子に手でしてもらったというのだから。

これが幼馴染み公認だというのだから、どれだけ自分に都合がいいのだろうかと怖くなる。

まぁ、以前も話に出たように、俺が千癒とだけ深く付き合うことで不和が生じるかもしれないわけで、千癒の言うハーレムに関しても一応の理解はできるのだが。

作業用の木製テーブルの前で、俺はそんなことを考えていた。

詩音は、あまりにも汚れがひどかったので、お風呂に入ることに。

もちろん、汚してしまったブラを含め、彼女の衣服は収納再配置で綺麗にしている。

まだふわふわする思考の中、俺はあるものを作ろうとしていた。

化粧水と乳液だ。

水と油とグリセリンと乳化剤があればいいらしく、グリセリンも乳化剤も油脂から生成できるのでは？　と千癒に意見をもらったのだが。

「……イメージの問題か？　レシピが解放されないな……」

なんとなく、『ナイフ』や『毛布』など、サバイバル生活でも助けになりそうな道具に関しては、材料を揃えることで解放される傾向にあるように思う。

『かまど』はイメージによるレシピ解放だったが……サバイバルなら焚き火で充分だからだろうか。

『よりよい生活』に踏み込むアイテムは、イメージが伴わないと出にくい、ような気がする。

「工野くん？」

扉が開く音のあと、四枚が顔を覗かせて、俺を見つける。

「あぁ、四枚。もういいのか？」

まだ昼過ぎぐらいだ。

「ええ、昨日も一応、大きな木の洞を見つけて、そこで少しは眠ったから」

さすがの適応力だが、それでは落ち着かなかっただろう。

睡眠効率が最悪だったのは想像に難くない。

「そっか。まだ寝ててもいいぞ。召子と千癒は探索から戻ってきてないし、詩音は入浴中だし、やることもないだろ」

「あぁ、みんなの姿がないと思ったら、そうなのね」

「代わりに羊はいるけどな」

「ほ、ほんとね……。これは、昨日の夜の夢で追加された『肉』？」

「いや、召子の『もふもふ召喚能力』で呼んだ羊。能力のルールで、肉は食べられない」

乳液が上手く作れないのと詩音が入浴中で手持ち無沙汰なので、毛を刈ったのだが、おかげで身体が一回り小さくなったように見える。

「なるほど……。あっ、絨毯と毛布のウールって、まさか……？」

「そうそう。毛はとれるみたいなんだよ。あと、ミルクもとれた」

「喚阿さんの能力も、幅のあるよい力ね」

「四杖のもな。一属性じゃなくて、四属性も使えるじゃないか」

「そ、そうよね。ありがとう……狙ったところに当てられるよう、頑張るわ」

イノシシに追われている時は外していたからなぁ。

獣に追われて冷静に対応するのが難しいのはわかるので、仕方がないのだが。

そこで一旦、会話が途切れる。

「……あぁ、よかったら座るか？」

俺が丸太の椅子を対面に配置すると、「ええ、じゃあ」と四枚が腰かける。

「工野くんは、何かクラフトをしようとしていたの？」

「そうだけど、わかるのか？」

「考えるような顔をしていたから」

「実は、化粧水と乳液を作ろうと思うんだが」

その言葉に、四枚がぴくっと反応する。

「け、化粧品も作れるの？」

「と、思うんだが、どうにも上手くいかなくてな」

俺は現状を四枚に説明した。

「あぁ、なるほど。材料、もしくはイメージが不足しているとレシピが解放されない、と」

「そうなんだ」

「では、まずイメージの方を補足しましょうか。化粧水というのは、水とある通り水分を与えることが主体なの。そして乳液は、簡単に言えば保湿のためのもの。男の子でも、リップクリームは使ったりするでしょう？」

「冬は使うよ。乾燥して唇が罅割れると痛いんだよな」

「あれはワセリンだけれど、それ自体に保湿成分はなくて、油で膜を張ることによって、皮膚の水分が蒸発するのを防ぐのよ」

「ふむふむ。あれだな、ラーメンスープに油膜を張ると、熱が逃げにくいみたいな話だな」

思い出したらラーメンを食べたくなってしまった。

「ふふ、そうね。自分の身近なものに置き換えてイメージすると、覚えやすいわよね」

「乳液の油の方は油膜目的、水の方は水分目的なわけだ」

「そう。でも水と油は混ざらないでしょう？　それを同居させて、かつ塗りやすいようにクリーム状にしてくれるのが、乳化剤なの」

「へぇ～。それが、油脂から作れる？」

「そうね。グリセリン脂肪酸エステルが含まれているから、工野くんなら作れるはずだわ。それを分解することでグリセリンが生じるの」

「ふむふむ」

油脂があれば両方作れるという千癒の説明は正しかったわけだ。

「それで、水と油の油の方だけれど――ラノリンを使用するのはどうかしら？」

「ら、ラノリン？」

「ラノリンは羊の皮脂腺から分泌(ぶんぴつ)されるもので、羊毛を刈った時にもくっついているらしいわ。乳液を作るのにも使用されることがあると聞いたことがあるの」

「四枚、よく知ってるなぁ」

「自分の肌(はだ)に使うものだもの、原材料名とか見て調べたりしない？」

「……地球に戻れたら、しようと思うよ」

ううん……さすが真面目な子だ。

とにかく、ラノリンラノリン……と。

あ、あった。『羊の蠟（ラノリン）』とある。……昨日、こんなのあったかなぁ。

もしかして、『インベントリ』は手に入れた全てを表示しているのではなく、手に入れたものの内、俺の理解が及んだものを表示しているのか？

ってことは、初日に海水から『にがり』がとれなかったのは、俺のイメージ不足？

あのあと、詳細（しょうさい）ににがりの成分とかを考えれば、出てきたのだろうか。

いや、今からでも遅くないか。ひとまずそれは置いておいて、あとで検証しよう。

「工野くん？　ごめんなさい、なんだか偉そうに聞こえてしまったかしら。不快にさせたのなら謝るわ」

「え？　あぁいや、格納したアイテムを確認できるんだけど、ラノリンを探してたんだ」

俺の言葉に、四枚がほっとした顔をする。

「そ、そう。よかった」

「第一、手伝ってもらってるのは俺の方なんだから、怒る理由なんてないだろ」

「いえ、その……私、伝え方が下手みたいで、親切のつもりでも『説教するな』とか『こっちを見下しているんだろ』とか、相手を怒らせてしまうことが多いの……」

「うーん。言い方は確かに大切だけど、多分それは四枚に言い返せないから逆ギレしてるだけだと思う」

「そう、かしら」

俺の言葉に、四枚の顔が微かに明るくなる。

「少なくとも俺は助かってるから、まだまだ教えてくれ」

「え、ええ、任せて！」

その後も、えまるじょんがどうこうとか、みせるがなんたらとか、四枚から沢山の知識を授けてもらった。

わかったようなわからないようなだが、要するに乳液とはマヨネーズのような存在らしい。

縁遠い女性用化粧品が、一気に身近な存在に感じられた。

四枚と言葉を交わすことしばらく。

「お！　やったぞ四枚！　両方ともレシピが解放された！」

「本当っ？　すごい、やったわね工野くん！」

四枚にしては珍しく、手を叩いて喜んでいる。

やはり彼女も女子ということで、肌の保湿は気になるようだ。

化粧水は『精製水』と『グリセリン』。乳液は『精製水』『羊の蠟』『乳化剤』の組み合わせで作れるようだ。俺はそれらを、早速生成してみる。

女性陣全員の分が必要と考え、短い円筒形の小さな器を生成。

水筒の時と同じく、溝とそれに嵌める蓋も、『クラフト能力』なら楽に作れる。

器に入った化粧水と乳液を、卓上に配置してみた。

それを見た四枚が、ぷるぷると震えながら俺を見た。

「さ、触ってもいいかしら？」

「あぁ。というか、それは四枚の分だよ」

「……いいの？　私、今日、もらってばかりでまだ何も返せていないけれど」

「いやいや、さっきの会話を忘れたのか？　これは、俺たちの共同制作じゃないか」

俺の言葉に、四枚は器を大切そうに抱え、微笑んだ。

「ありがとう、工野くん。大事に使うわね」

「必要なだけ使ってくれ。レシピは解放されたから、じゃんじゃん作れる」

俺の言葉に一瞬目を丸くした四枚が、すぐにふっと微笑む。

「ふふ、ここの女子が貴方を信用してる理由がわかったわ」

「便利なものを作るから？」

「いいえ。こちらに気負わせないよう、配慮してくれるから」

そう優しげに微笑む四枚は、普段の凜(りん)とした顔とは、また違った美しさがあり。

俺は思わず見惚れてしまった。四枚も、俺をじっと見つめている。

「創助くーん。ごめん、タオルの再配置おねがいできるかなー？」

風呂場の方から詩音の声が聞こえてきて、俺たちは同時に視線を逸らした。

「い、行ってあげて工野くん」

「そ、そうだな。それと四枝、よかったら、今使ってみたらどうだ？　寝起きだし、顔を洗うのも兼ねてさ」

「そうね。寝起きだもの……ね」

瞬間、四枝が片手で自分の目許を隠す。

「は、恥ずかしい……！　寝起きのだらしない顔で、工野くんと話してたなんて！」

俺は特に気にならなかったのだが、こういうのは本人の感じ方が全て。

それでも一応「だらしないとは思わなかったぞ」と伝えておく。

「さ、早速だけど、使わせてもらうわね……！」

駆け出す四枝を、俺は苦笑しながらゆっくりと追いかけた。

「きゃあっ——って四枝さん!?」

風呂場に駆け込んだ四枝に、詩音が悲鳴を上げる。

「ごめんなさい。桶とお湯を借りるわね。顔を洗って、工野くんに貰った化粧水と乳液を試してみたいの」

「えっ!?　もう作れたの!?」

詩音が驚く。距離も少しあるし衝立もあるしで、俺たちの会話は聞こえていなかったようだ。

「あー、詩音の分もあるから、着替えと一緒にカゴに入れておくよ」

タオルを収納再配置で乾燥させつつ、衝立のすぐ側にカゴを配置する。

と、そこへ召子と千癒も帰ってきた。

「大漁大漁！　カゴがいっぱいになったから、一旦帰ってきたぜー」

「ニワトリいなかった……今後のアプデに期待」

「おかえり。ちょうど今、化粧水と乳液が出来上がったところだ」

「――ッ!?」「――なんと」

瞬間、二人がマシロから飛び降り、華麗に着地して俺の前まで駆けてくる。

びっくりするほど俊敏な動きであった。

「見せて見せて！」

「そうくんならやってくれると思っていた」

二人にも手渡すと、即座に衝立をどかし、風呂場に入っていく。

「やたー！　ありがと創助大好き！」

「お礼に、もっちりお肌の幼馴染みをお見せする」

「きゃっ。もう、二人まで……！」

それから四人のわいわいとした声が聞こえてくる。

「そんなにいいものなのか、作ってよかったな」

喜んでもらえたのならよかった。

俺は帰ってきた二人が放置したカゴに近づき、『インベントリ』に回収。

「マシロもおつかれ」

頭を寄せてきたマシロを撫でながら、二人が集めてきたアイテムを確認していく。

キノコ、木の実などの他、様々な植物も入っていた。

油がとれそうなものだけでなく、香辛料に使えるものや、山菜も入っている。

丈夫な蔦なども新たに手に入った。

そして最大の発見が一つ――『亜麻』だ。

「お！」

これって確か、リネンになるよな？

植物繊維で、つまり『クラフト能力』なら『生地』が生成できる！

量は多くないようで、フェイスタイルを一枚生成したら在庫のほとんどが尽きてしまった。

手許に出してみる。

さらさらとした、白い生地。温泉旅館とかで買えるような、手ぬぐいを彷彿とさせる。

今までは俺の元インナー君がタオルとして酷使され、収納&再配置を繰り返すことでみんなで使うことができていたが。タオル自体が増やせるのなら、当然その方がいい。

もっと大量にあれば、服だって作れるし。

『インベントリ』収納からの再配置は便利とはいえ、これは損耗は直してくれない。

生地が焦げたりした場合、そこは直してくれないのだ。

ん？　一旦分解して、改めて生成すればいいのか？

焦げた分は失われるが、可能だろう。

そういえば、胸が大きいからサイズ大きめの制服にしてて、袖とか丈が長いなんて悩みを口にしてたから、女性陣のＹシャツを分解再生成したら、ちょうどいいサイズになる上に、生地が手に入るのでは？　もしものための予備Ｙシャツが一枚くらい作れるかもしれない。

ともかく、タオル完成だ。

「おーい、みんな。顔を拭くのにこれを使ってみてくれ」

俺はそう声をかけながら風呂場に近づいていくが。

「すごいすごいぞー！　本当に化粧水と乳液じゃん！　さすが創助——ってこれ何回目!?」

「洗顔後のパサつきだけじゃなく、焚き火でも乾燥しちゃうのが気になってたけど、これがあれば安心だね！　もう創助くんから離れられないよ」

「わたしの幼馴染みが気遣い上手ですまん」

「……工野くん、一生懸命考えて作っていたわ。まるで自分のことみたいに、真剣に」

なんだか俺のいないところで、褒められが発生している。

クラフトできるのが楽しいというのもあるのだが、褒められて悪い気はしない。

「おーい。召子と千癒がとってきたものから、タオルが作れたぞー」

と、少々大きめに声を出して、衝立の上にかける。

「え、マジ？　千癒っち、あたしたちそんなのとったっけ？」

「わからない。そうくんに判断してもらおうと思って、適当に採取したから」

そうなると採取場所はわからな……いや、マシロの嗅覚を頼ればいいのか。

「それそれ〜」

「とにかく、ありがたく使わせてもらう」

　タオルは千癒が回収したようだ。

　それからしばらくして、女性陣が風呂場から出てくる。

　注視すると、確かにみんな、肌にうるおいがあるような……？　あと、風呂上がりの詩音から、ほんのり湯気が上がっているような感じがして、上気した頰と合わせて色っぽくて困った。

「そうくん、ありがとう。お礼、期待していいよ」

「あたしたちがとってきたもので、まだ必要なものとかある？　もう一回とってくるよ！」

「あ、食材なら私にも教えてほしいな。夕食とかに使えるかもしれないから」

「もう一度探索に出るのなら、私も協力するわ。なんでも言って頂戴」

　俺の仲間たちは、俺が便利なチート能力を持っていても、それに頼り切りになることなく、常に自分にできることを考えたり、感謝の気持ちを示したりしてくれる。

　そして俺も、自分にはない力や長所を持った彼女たちに感謝し、時に頼ることができる。

　もしここから更に仲間が増えることがあっても、そういう関係を構築できる者がいい。

　そんなことを考えながら、俺は午後からの予定を考えるのだった。

◇

　化粧水と乳液による保湿効果に大満足の四人と共に、俺は一旦席につく。

大きめのテーブルを木製の椅子で囲んだ。

ひとまず『食用可』となっているものを並べた。

「これは……アケビかしら」

四枚が、ぼてっとしたさつまいものような、紫色の果実を手にとる。

「みたいだな」

『インベントリ』によるとそうなので、頷く。俺にはピンとこないが、詩音が反応した。

「アケビ？　確か、甘いんだよね？」

甘い、という言葉に、召子と千癒も目を輝かせた。

「そうね。充分熟しているように見えるけれど、秋の果実だったような……」

俺たちのいた日本は、春の季節だった。まぁ、今更気にしても仕方がないが……。

「いいじゃんいいじゃん。食べよ？」

「じゃあ、切り分けるね」

果実には線のようなものが走っており、詩音がそれに沿って石のナイフを入れてから、みんなに分けた。果実を半分に切り、皮部分を皿に見立てて食べる。

「つぶつぶの入った、ゼリー？」

みんなには木製スプーンも渡してあり、千癒がそれで果肉を掬う。

「あぁ、みんな、種は苦いようだから気をつけてね」

四枚が言うには、皮はピーマンの肉詰めのように利用され、種からは食用油がとれるとのこと。詩音がその言葉に興味を示しつつ、取り敢えずみんなで一口。

「おぉ、甘いな」

「とろとろ！」

「あと味爽やか」

「果物とかスイーツが恋しかったけど、この島でも甘いものが食べられて嬉しいね」

「そうね……落ち着くわ……」

みんなにも好評のようだ。

「創助くん、これは？」

詩音が小さくて赤い果実を手にとった。

「『山椒』らしい」

「山椒!?　すごい、香辛料だね」

「工野くんの能力なら、皮から粉山椒を生成できそうね」

七味唐辛子に入っているやつという印象だが、確かにそれならば、味変に大いに役立ってくれそうだ。まだ二日目なのでそう気にならないが、塩ならば塩、ダシならばダシ、と一つの味で食べることが多いので、そのあたりバリエーションが出せるのは嬉しい。

それからもあれこれ言葉を交わしながら、アケビは完食。

皮と種は使えると先ほど聞いたので、『インベントリ』に収納する。

「今更だけど、さすがに口から出した種を収納されるのは、変な感じてる」

召子の顔がどことなく赤い。

「本当に今更。そもそもわたしたちは、脱ぎたてほかほか下着もそうくんに渡してる」

「ぎゃっ！　千癒っち、そんなこと言われたら余計意識しちゃうじゃん……！」

「い、医山さん。工野くんは私たちの衣類を清潔にするためにわざわざ能力を使ってくれているのだから、そのことに性的なニュアンスを持たせるのは、よくないわ」

「あはは、大丈夫だよ四杖さん。千癒ちゃんと創助くんにとっては、じゃれ合いみたいなものだから」

毎度少しドキッとはしてしまうのだが、確かに千癒の下ネタは慣れたものだ。

「そ、そういう問題かしら……。いえ、郷に入れば郷に従えというものね。学校とは違うのだと、認識を改めないと。じゃ、じゃあ私も、積極的に淫らな表現を使えば、馴染めるということ？　で、でもそんなの……っ」

「四杖は色々と、真面目に考えすぎだな」

俺は苦笑する。

「勉強熱心なのはいいこと。ではわたしが一肌脱いで、そうくん好みの淫らな表現を授けてしんぜよう」

「……！　わ、わかったわ。よろしくお願いするわね、医山さん」

ごくり、と覚悟を決める四杖。

「いやいやいや、何を言い出すんだ二人共」

というか、薄々気づいていたが、千癒め、詩音に俺の性癖をバラしたな……？

どうにも終始、特にラスト付近、俺に効くような言葉ばかり口にすると思っていたのだが。

……まぁ、それに関しては怒れないか。

「創助、気づけばモテモテだなー……」

召子が微笑しつつも、どこか寂しげな色を滲ませる。

「創助くん、午後も探索はする予定なのかな？　私、また留守番でもいい？　夕食の献立、考えてみたくて」

「あぁ、もちろん。食事は本当に大事な要素だから、むしろ頼むよ」

「うん、任せて」

詩音が嬉しそうに請け負った。

「そうなると、また千癒っちとあたしで探索かな？」

マシロの機動力のおかげで、広範囲を探索できるというのは大きい。

今回の採取物の中にも、昨日は見なかったようなものが多いし。

「アケビはもっととってくる。あとそうくん、さっきのタオルだけど」

「そうそう、『亜麻』だな。残った分を出しとくから、それでマシロが生えてる場所を探すってできるかな？」

俺は後半を召子に向けて言う。

「もちもちのもちだよ！　マシロの鼻はすごいんだからっ」

「ほんと助かってるよ」

「へへへー」

イノシシも見つけてくれたし。

『亜麻』から作れる亜麻布(リネン)は、タオルだけでなく服やシーツにも使える。

さらりとした生地で夏服とかに使われていたはずなので、日中は亜麻布服、肌寒い時はウール服と使い分けもできそうだ。

「わたしも色々拾ってきたけど」

無表情で片頬を膨らませる千癒。可愛いが、拗(す)ねさせたままなのはよくない。

「わかってる。それに、千癒が一緒なら、みんな無事に帰ってくるって信じられるしな」

「ん。わたしの仲間は、誰も死なせない」

少年漫画の主人公みたいなセリフを、抑揚のない声で言う千癒。

だが機嫌は直ったようで、むふー、と鼻息を漏(も)らしている。

と、最後の一人。四杖が、なんだかそわそわした様子で俺の様子を窺っている。

「工野くん。この集団のリーダーは貴方のようだし、わ、私にも何かできることがあるのなら、指示を出してほしいのだけど……」

その顔はなんだか不安そうだ。自分には役目がないと言われるのを、恐れているような。

「四杖には、俺や詩音と一緒にいて、もしもの時は守ってほしい」

「護衛(ごえい)ね、了解したわ。任せて頂戴……っ」

「あともう一つ、四杖に頼みたいことがあるんだが」

「み、淫らなこと？」

「違うわ！」

俺がツッコミを入れると、四杖がなんだか嬉しそうな顔をした。

そして千癒の方を向く。千癒は「その調子だ」と師匠(ししょう)ヅラして頷いている。

俺をからかってツッコミ待ちをしたり、照れさせたりは千癒の得意技なのだが、それが他の女子にも広まってしまうのだろうか。

先行き不安だ。なんだかんだと嫌じゃないのが困る。

「と、とにかく。詩音からあまり離れない範囲で、魔法を使ってほしいんだよ」

「鍛錬(たんれん)ね。当然の話だと思うわ」

「それもあるけど、四杖の風魔法があるだろう？」

「ええ、風刃(ウインドカッター)ね」

「それで木を伐採して、木材をゲットできないかなと思ってさ」

四杖の『属性魔法』は、攻撃手段としては優秀。

だが水も火も、発動後しばらくすると消えてしまい、焚き木や飲料水には利用できない。

では戦闘にしか使えないのか。それは違うと思う。

「伐採？」

四杖が首を傾げる。

「あぁ。四杖の魔法は、別に生き物にしか撃てないわけじゃないんだろう？」

「え、ええ、そうね」

「俺が素材を格納するためには、大地と分かれている必要があってさ。海水や砂なら一度器に入れるという工程が必要で、木なら――」

「なるほど、理解したわ。大地に根を張ったままでは格納できないのね。私の魔法で伐採できれば、木材として入手可能、と」

「そうそう」

そういえばそのあたり、説明していなかった。

「もちろん引き受けるわ。魔法でも役立てそうで、よかった」

イノシシ相手に上手く当てられなかったのが、よっぽど尾を引いているらしい。

というわけで、それぞれ行動開始。

千癒と召子の要望で、俺は大きなカゴを作成。蔦を加工して編んだものだ。

これをマシロの胴体に吊るす。俺が同行できない以上、採取可能な量に限りがあるわけだが、マシロのパワーを借りることで大量運搬が可能になる。

「んじゃ、いってきまーす」

「素材女王になる」

マシロと共に拠点を出ていく二人。

「詩音、すぐ近くにいるから何かあったら大声で呼んでくれ」

「うん、いってらっしゃい」

髪を結んだ詩音が手を振って言う。

「一応、槍を渡しておくか」

詩音は受け取りつつ、困ったように笑った。

「創助くんと四杖さんが駆けつけてくれるまでは、なんとか堪えるね」

「持ってるだけでも牽制になるよ」

「うん、ありがとう」

俺と四杖は、柵から外に出た。

マシロ頼りが多くて、あんまり使用されていない可哀想な柵である。

「あ、そうだ四杖」

「何かしら」

「魔法を使う時に振ってた杖って、何か特別なものか？」

「いいえ、拾った木の枝よ。最初、どうにも上手く照準できなくて、杖で目標を指し示したら少しは改善されたの」

「なるほど。特に思い入れもないなら、こういうのはどうだ？」

俺は『クラフト能力』で、魔法使いが使うワンドをイメージ。

先端に向かうにつれ先細りしていく、重厚な色合いの杖を生成する。

手許に配置し、四杖に手渡す。

「――――」

「どうせ使うなら、それっぽいほうがテンション上がるかなって思ったんだけど、どうだ？」

「い、いいの？」

「もちろん。軽い方が使いやすいとかなと思って木にしたけど、石とかでも作れるから、素材の指定があったら言ってくれ」

「ううん。工野くんが私のために作ってくれたものだもの。これを使わせてもらうわ」

「そ、そうか」

嬉しそうな声でそう言われると、なんだか照れる。

「ありがとう。その、似合わないと思うけど、こういうのに憧(あこが)れていたから嬉しいわ」

「わかるよ、俺は魔法使いのローブとか格好いいと思う」

「ふふ、素敵よね。子供の頃は、魔女帽とかも被ってみたかったわ」

こうして話してみると、普通の子だ。

いや、学校で真面目な子だって、色んな趣味があって当たり前なのだが。

「よし、このあたりでいいか」

詩音が叫べば聞こえる距離かつ、倒れた木が俺たちの拠点に影響を与えない距離。

「どの木を狙えばいいの？」

「どれでも大丈夫だ。あ、木がバウンドしたり転がったりしても、俺たちに当たらない位置のものだと嬉しい」

「なるほど。じゃ、じゃあ、発動するわね」

生成したての杖を構え、四杖は深呼吸。

「風刃（ウインドカッター）」

ぶわりと彼女の髪が浮いたかと思うと、ビュウッと空を裂く音。

直後、少し奥の木の方から轟音（ごうおん）が聞こえてきた。視線を向けると、ズズズ、と木がずれて倒れていく。

「やった！　当たったわ！　工野くん見てた⁉」

ぴょんっと、まるで童女のように飛び跳ねて喜ぶ四杖。

他の三人よりも長めのスカートが、控えめにひらめく。

「見てた見てた。やったな」

あまりに喜んでいるので、冗談でハイタッチ待ちの手を用意してみる。

普段のクールな彼女なら、こういうのは躊躇（ためら）いそうなものだが。

「うん！」

四杖は、なんと、ぽんっと俺の手にタッチしたではないか。よっぽど嬉しかったらしい。

「いきなり動く相手を狙うんじゃなく、止まった対象で練習していけばいい」

「そうね！　もう一本伐（き）っていいかしら⁉」

「森林破壊にならない程度にな」

「次はあれにするわね」

四杖の杖が近くの木を指す。……近くの木？

「四杖待て、あれは近すぎ──」

「風　刃！」

魔法が放たれる。木が断ち切られるのはいいのだが、角度が悪かった。

こちらに向かって傾き、そのまま倒れてくる。

しかも近くに生えていたため、俺たちが下敷きになりかねない。

「あ──」

「四杖！」

俺は彼女を庇うように前に出て、咄嗟に『アイテム化』を発動。

俺たちに触れる寸前、木が『インベントリ』に収納された。

収納の瞬間に枝から離れた葉っぱたちが、俺たちの周囲に降り注ぐ。

助かったとわかったあとも、しばらく心臓がバクバク跳ねていた。

「あ、あのっ、わたし、ごめんなさっ──」

「……ふぅ。四杖、怪我ないか？」

俺は振り返って彼女を確認する。

「え、ええ。私は大丈夫。工野くんの方こそ平気？」

「平気だよ」

四杖は顔を真っ青にして、頭を下げる。

「本当にごめんなさい。舞い上がって迷惑をかけてしまうなんて、最低だわ。距離に気をつけろって、最初に教えてもらったのに」

「まぁ、無事だったんだからいいさ。それより、あと何本か伐っていこう」

「……えぇ、わかった。二度とこんなミスは犯さないよう、気をつける」

「今後も四杖の魔法には頼る予定だから、これで萎縮したりしないでくれよ」

これがトラウマにならぬよう、軽い調子を心がける。

「うん」

厳しく叱らないとダメな相手もいるが、自分のミスをきちんと受け止め、人に言われるまでもなく修正できるタイプの人間もいる。四杖はそういうタイプだろう。

やはりというべきか、その後の四杖は冷静かつ的確に魔法を扱えた。

これならば小さな家くらいは作れるだろう、というくらいに木材を確保。

「よし、そろそろ戻ろうか」

「わかったわ」

二人で拠点へ足を向ける。

「ね、ねぇ、工野くん」

「ん？」

「言いそびれたけど、さっきは助けてくれてありがとう」

「あにに、いいよ」

「工野くん、私を庇おうと、飛び出してくれたわね」

四杖の声が、少し熱を帯びているように感じたのは錯覚(さっかく)か。

「あんま意味なかったけどな」

「そんなことない。そんなこと……ないわ」

なんだか生暖かい空気のまま、拠点に帰還(きかん)。

「おかえりなさい。木の倒れる音いっぱい聞こえてきたよ」

詩音が笑顔で迎えてくれる。

「あぁ、大量だ」

「そうしたら、みんな一緒に寝るのは昨日で最後かな」

詩音の言葉に、四杖が固まる。

「い、今、なんて……？」

「いや、もちろん俺は端っこだし、隣は千癒だし、変なことは何も……」

「三人の女の子と同衾(どうきん)だなんて、み、淫らだわ……！」

あ、いつもの四杖に戻った。

「ふふ。そっか、四杖さんとはまだ話し合ってなかったね。二人が戻ってきたら、女子の秘密会議を開催しないと」

詩音が何やら呟いている。

絶対にハーレムどうこうの件だと思うが、四杖が果たして納得してくれるだろうか。

「と、取り敢えず、家を作ろう。四枚が伐ってくれた木が、俺たちの新拠点になるんだ」

「……そ、そうね。ちゃんと、男女別室になるようにね」

「もちろん」

まぁ、俺の部屋を作ったところで、千癒あたりは平気で遊びに来るのだろうが。

「さて、どんな家にするか……」

「何かを出してもらう度に創助くんを呼ぶのは申し訳ないから、普段使いできそうなものを置く場所とかあるといいかもね」

料理の準備を進めながら、詩音が意見を述べた。

「そうだな。たとえば侵入者が来た時とか、俺が合流して武器を出してって流れだと手間だし、最初から武器庫を作っておくとかもありだと思う」

「ふふ、物置きとか衣装部屋とかのイメージだったけど、それもいいね」

詩音は苦笑している。

「今後仲間が増えるかもしれないことを考えると……少し広めに……？」

「工野くん、二階建ての建造物も作れたりするのかしら？」

「あぁ、できると思うぞ」

「それなら、寝室は二階にして、一階にリビングやキッチンなどを作るのはどうかしら？」

「普通の家と同じ感じに作るわけか。なら、風呂場に繋がる扉とかもつけて、家からすぐに風呂場に行けるようにするのもいいな」

「そうね。あと、お風呂場には屋根があると、雨が降っても入浴できていいと思うわ」

「ふむふむ。材料に余裕が出ると、あれこれとやりたいことが出てくるなぁ」

「もちろん生成するのは工野くんだから、貴方の望むものを優先的に取り入れて頂戴」

「いや、これは全員集まってから話し合った方がいいかもしれない。取り敢えず、基本的な部分だけ俺と四枚で詰めよう」

俺の言葉に、四枚が柔らかく微笑む。

「ええ、そうしましょうか」

四枚の助けもあって、手早く間取りの基礎が固まる。

それが済むと、俺たちは詩音の手伝いをすることに。

「そうしたら、二人には焼き肉用にお肉を切ってもらおうかな」

『クラフト生成』は調理の範疇には厳しくて、肉も『解体』までしか切ってくれない。おおまかな部位にまでは分けられるのだが、それ以降は配置して自分で切っていくしかないのだ。

四枚と二人で、ロース肉を切る。

「ねぇ、四枚さん。アケビの皮ってピーマンの肉詰めみたいに使えるんだよね？」

「ええ」

「少し齧ってみたら、とても苦いんだけど、アク抜きして使えばいいかな」

「そうね、それで大丈夫だと思う」

「ふむふむ。あ、工野くん、包丁もう一本貸してもらえる？」

「あぁ、もちろん」

詩音が微塵切りにした肉を、石包丁二刀流で叩いている。

キノコも細かく刻んでいた。

そして器に入れたキノコに塩を投入し、混ぜ合わせてから、アケビの皮に詰め込む。

「あとは、二人が帰ってきたら油で揚げちゃおう」

「いいな。揚げ物ってのもいいし、普通にキノコや肉を食うのと食感も違いそうで楽しみだ」

「そう言ってもらえると嬉しいな」

「……焼き肉もあると考えると、カロリーも気になるけれど」

「まぁまぁ、今日は四枚さんの歓迎会ってことで」

「歓迎会……そ、そう。おもてなしに感謝するわ」

四枚は照れているようだ。

「カロリーの話じゃないが、野菜に米に調味料にと、欲しいものが多いよな」

「うん。日本での生活がどれくらい恵まれていたか、わかるよね。私、食パンと卵とケチャップが欲しいな。あとベーコン……」

「私はココアが飲みたいわ……」

三人で、しばし日本での生活を思い出す。

「謎黒板が今日の夜も夢に出てくるなら、また何か投票で追加されるのかもな」

「そうだね。それに、何が食べられるかじゃなくて、何を食べたいかが話せるなんて、私たちはすごく恵まれてるよ」

「そう思うわ。みんなに助けてもらえなかったら、私は上手く当てられない魔法を抱えて行き倒れていたかもしれないもの」

「ふふ、それを言われると私の能力はもっとひどいからなぁ」

手を動かしつつも三人で談笑していると――。

「たっだいまー！」

「女王の帰還」

二人とマシロが帰ってくる。

「おかえりなさい、召子ちゃん、千癒ちゃん、マシロくん。夕食、作り始めてもいいかな？」

「家に帰ったらしーちゃんという奥さんがいる生活、いいね」

「誰の奥さん？　そうくんのなら、悪いが第一夫人は譲れん」

「お、奥さんって……医山さん気が早すぎよ！」

五人になると、一気に賑やかになる。

「よし、夕食にするか」

「今日はイノシシ肉の焼き肉、アケビの肉詰め、キノコと野菜のスープだよ」

「すごっ！　あたしたちの食生活、二日目でよくなりすぎじゃない？」

「食事のあとは、新しい家を作るぞ。二階建ての予定だ」

「みのりん、沢山木を伐ったんだねぇ。前はマシロが手伝う予定だったんだけど」

召子が感心したように言うが、四杖は今日の失敗を思い出しているのか、苦い顔だ。

「フェンリル小屋の件も忘れてないから、あとで考えよう」

「わたしの寝室、そうくんの隣」

「じゃあ、私は反対側の隣かな」

「えっ何早い者勝ち!?」

千癒と詩音の言葉に、召子が焦った声を出す。

「あ、貴女たち……」

四杖が困ったような顔をしている。

「そうだ、みんな。あとで四杖さんも会議に入れてあげようよ」

「ん。集団の健全な運営のため、仕方がない」

「み、みのりん怒りそー」

召子だけ、恥じらうように頬を染めていた。

女子同士の秘密の会議だ。

これによって、今日、詩音と風呂場で、ああいうことになったわけで……。

召子と四杖も……？　なんて考えると、体温が上がってしまう。

煩悩（ぼんのう）まみれになるのはいかんと首を横に振り、俺は焼き肉のため、石版を生成するのだった。

◇

「そこだー……！」

「させ――ない」

召子の箸がある一点を狙い、刺突の如く放たれるが。

目標へ到達する直前、横から飛び出してきた何者かの箸に獲物を奪われる。

「な――ッ!?　千癒っち、だと……!?」

「まだまだ甘い、な。しょこちゃんよ」

千癒は手に入れたそれを頬張りながら、敗者たる召子を見下ろす。

「くっ、次は負けないから……！」

「何度でも挑むがいい」

ちなみに、焼き肉の話である。

地面に小さなかまどを配置し、そこに円盤状の石板を載せたもので、焼き肉をしているのだ。

焼き肉というとタレの印象が強いのだが、そんなものはないので塩をつけて食べる。

これが絶品だった。

肉と脂が口の中で爆発したかのように、旨味という衝撃を脳髄に叩き込んでくる。

男子高校生としては、一緒に白米を掻き込みたい。

「んっ、肉詰めも美味しいわ。読海さん、料理が上手なのね」

「ありがとう、四杖さん。あ、深法ちゃんって呼んだらダメかな……？」

「も、もちろん構わないわ」

「よかった。私のことは、詩音って呼んでね」

「わ、わかったわ。し、詩音さん」

四枚はなんだか嬉しそうだ。

「みのりん照れてるー。あたしも呼び捨てでよろ！」

「みのちゃん、わたしも千癒でいい」

「そういうことなら、俺も創助でいいぞ。改めてよろしくな、深法」

ちなみに、今の俺たちは、木の台座に石のカゴを置いた篝火（かがりび）を焚き、照明としている。

そんな明かりに照らされているからか、四枚の顔が赤く染まっているように見えた。

「こ、こちらこそよろしく。召子さん、千癒さん……そ、そ、そ……工野くん」

「え、俺だけ変わらず……？」

「ふふ、乙女（おとめ）心だよ創助くん」

詩音がにやにやしている。

まぁ、俺も昨日、召子や詩音を下の名前で呼ぶのに照れがあったしな。

異性相手だと抵抗を感じる気持ちはわかる。

「はぁ～。しーちゃんの料理最高！　肉詰めも肉の旨味とキノコの食感が最高だし、スープは優しい味だし」

「ん。うちの料理長」

「あはは、喜んでもらえてよかった。食事でみんなに貢献していくね」

楽しく食事をしつつ、新居の話もする。

まずは俺と深法で大体の間取りを考えていたので、それを告げる。

「リビングいいね！　個室もらったとしても、ご飯とかお喋り（しゃべ）とかで集まりたいし」

「キッチンが室内になるのも、嬉しいな。今はどうしても風があったりするし、口に入れるものだから砂とかはあまり入ってほしくないし」

詩音からの要望で、キッチンにかまどは二つ置くことになった。

室内ということなら、煙を排出する穴も作った方がよいだろう。

「人数が増えたし、そろそろお風呂を新調するのもあり？　温泉的な、大きめの浴槽（よくそう）がいい」

「それだと沸かすのが大変なんだよな。できなくはないと思うが……」

俺の言葉に、深法が手を上げる。

「それに関して、試してみたいことがあるのだけど」

「おっ、どうした？」

「あの、火球（ファイアボール）を外して木に当ててしまった時、火はしばらくしてパッと消えたから、木が燃えずに済んで。でも——焦げ目は残っていたの」

「どゆこと？」

召子が首を傾げている。

「つまり、火それ自体は消えたけど、『熱せられた』という事実は消えなかった？」

俺の言葉に深法が頷く。

「ええ。私一人ならあまり意味はないけれど、工野くんの力と合わせたら……」

「いいな、それ！　そうだなぁ、まず石の浴槽に水を入れて配置。そこに火球(ファイアボール)を撃ってもらって一瞬で沸騰(ふっとう)。お湯の温度は水を足すとかして調整すればいい。これで大浴場でも簡単に風呂が沸かせるってことか」

「ええ。その場合、室内で撃つのは危ないから、私と工野くんは外に出る必要があるけれど」

「一瞬でお湯が沸くなら手間じゃないな。というか、俺の『インベントリ』は時間経過しないから、時間がある時に大量のお湯を作って格納して、風呂場の浴槽に毎日お湯だけ配置すれば済むんじゃないか？」

「あぁ、そうね。それなら毎回外に出なくてもいいし、仮に雨の日でも濡(ぬ)れながら湯沸かしせずに済むものね」

地球時代とそう変わらぬ手間で、毎日風呂に入れるのはありがたい。

「『さすがです、そうくん』」

「おまけに『さすがです、深法ちゃん』」

千癒がいつものやつを言って、詩音がそれに乗っかる。

「女子全員でお風呂入れるんだ？　いいねいいいね！」

召子も話を理解したらしく、喜んでいる。

さて、間取りの話の続きだ。

お風呂場に繋がる脱衣所に、椅子やテーブルを置いてほしいとの要望が出る。

これは銭湯(せんとう)とか旅館とかで、男湯にもあるやつだろう。座って髪の毛を乾かすスペースだ。

女子の場合、肌のケアなどもするのかもしれない。

鏡を置いてやりたいところだが、今はまだ作れなかった。

ぽつぽつとした要望は出るものの、特に揉(も)めずに話は進む。

だが、二階、みんなの寝室に話題が及んだ瞬間、女性陣の空気が張り詰める。

「そうくんの隣は譲れない」

「私も、できれば創助くんの隣がいいな」

「うっ、あ、あたしだって」

「私は別に、その……。でも、あんまり淫らなことが行われないよう見ているためにも、工野くんの部屋の近くの方が都合はいいというか……」

千癒がスッと立ち上がって、こう言った。

「お風呂で決める」

それを聞き、他の三人も頷く。

「……じゃあ、まぁ、先に風呂を沸かすか。みんなが入っている間に、新居を生成しておく」

サプライズとして家具も配置して、居住空間を演出したいと思っていたのでちょうどいい。

今日は野外で風呂を済ませてもらうことにして、『クラフト能力』で大きな石製の浴槽を生成。

「お～温泉サイズ！」

浴槽時点で召子が感動している。俺はそこに水を配置した。

「お湯が跳ねると危ないし、みんな離れよう。深法、頼む」

「はい、任せて――火球(ファイアボール)！」

深法の杖が浴槽を示し、火炎球が発生、目標地点へ突っ込む。

じゅうっと水の蒸発する音と共に、大量の蒸気が立ち上った。

それが晴れていくと、あとはほんのり湯気を上げる風呂の完成だ。

ちょろっと指を入れると――熱い！

『インベントリ』から水を足しておく。

あとは入る者が調整できるように、水の入った大きめの樽(たる)を台座つきで用意する。

これらを衝立で囲めば完成だ。

「えー!?　もうお風呂沸いたの!?　一瞬じゃん！」

「イメージをすぐ形にする。『さすがです、そうくん』」

「魔法で生活を豊かにしてくれる。『さすがです、深法ちゃん』」

再び千癒と詩音が俺と深法を褒める。

「じゃあ、みんな楽しんでくれ」

「これは工野くんの力が大きいのだから、最初に入ったらどう？」

深法のセリフに、みんなが「うんうん」と頷いている。

「いや、先に家を作っておきたいんだ」

その言葉に、深法も納得したようだ。

「大丈夫、みのちゃん。美少女四人の残り湯こそが、そうくんへのお礼になる」

「真面目な深法に妙なことを吹き込むな」

幼馴染みにツッコミを入れてから、俺は小屋のもとへ向かう。

女性陣もはしゃぎながら衝立の向こうへと消えていった。

「一晩の付き合いだったが、ありがとうな」

千癒との関係が進展した思い出深い場所でもあるので、分解はしないでおこう。

『インベントリ』に収納し、土地が空く。

そして、俺は新拠点――家を生成した。

二階建ての家を生成。だが配置は少し待つ。

実は帰ってきたばかりのマシロに頼んで、周辺の土地を踏み均してもらっていた。

フェンリルの巨体があれば、大地を均すのも容易い。

俺たちが食事している間にも、彼は働いてくれていたのだ。

小屋のあったあたりが空いたので、最後とばかりにマシロが踏み踏みしている。

「ありがとな、マシロ。何かお礼ができればいいんだが……」

するとマシロが、ふいっと風呂場を見た。

熱のこもった視線で俺を見ている。

俺は大きく溜め息をこぼした。彼の望みがわかってしまったからだ。

「一応頼んでみるだけだぞ」

こくこくと嬉しそうに頷くフェンリル。

「みんな……！　マシロもちょっと汚れてるみたいなんだが、洗ってやってくれないか？」

「もち！　マシロは今日も頑張ってくれたもんね、あたしが洗ったげるよ！」

「そういうことなら、わたしも世話になった」

「私も構わないよ」

「そうね。マシロさんも仲間だものね」

「……いいってさ」

マシロが嬉しそうに鳴き、俺の顔をぺろりと舐めてから風呂場へ飛んでいった。

女風呂に入りたいオスフェンリルってどうなんだ……。

まぁ幻獣が素直で協力的というだけでありがたいので、女性陣が許すのならいいか……。

「さてと」

家を配置するに当たり、気になったのが基礎だ。

これを採用するのには課題があった。

基礎込みで生成することはできる。『クラフト能力』さまさまだ。

だが基礎というのは基本的に地面に埋まっているもの。

『大地と繋がって』しまうため、『インベントリ』に収納できなくなるのだ。

いざという時に家を捨てて逃げるしかなくなる。

身軽さは失いたくないと悩む俺に、深法が教えてくれた。

石場建て、という方法があるらしい。

ざっくり言うと、石を配置し、その上に建物の柱を載せるだけ。

話を聞き、そういえばアニメなどで古い民家が出てきた時など、見たことがあったかもしれないなぁ、とぼんやり思い出した。もちろん柱がズレない仕組みなどもあるのだが、そのあたりは『クラフト能力』が組んでくれる。

礎に使う石も生成したものなので形も大きさも自由自在。配置場所を決め――ついに配置。

瞬間――まるで前からそこにあったかのように、木造二階建ての家屋が出現した。

「よし……！」

社会人になったら自分の家を持つのが夢……なんて話があるが、無人島に転移した先で家が手に入るとは思わなかった。

植物の油脂から作った蠟燭と、石を加工した取っ手つき燭台を生成し、焚き火から火をもらう。それから家のところに戻り、扉を開いて中に入る。

ちなみに蝶番も木と石で作っており、開き戸となっている。

中に入ると広めの玄関。小屋の時と違い、みんなの靴をいちいち収納せずに済む。

靴箱の上にも燭台と蠟燭を設置し、火を灯しておいた。

草で編んだスリッパを人数分用意し、自分の分を履いて進む。

キッチンにかまどを設置し、薪の他に調理器具や食器なども置いておく。

風呂場に繋げる予定の脱衣所には、カゴや石鹸の替えを配置。

そしてリビングには、ウールの絨毯の他、幾つかの家具を配置。

これは明日見てもらえばいいだろう。

階段を上がり、廊下に出ると、右に三部屋、左に四部屋ある。

「あ、部屋割りが決まる前に家具を置くのはあれか……」

まぁ、問題があるならあとで移動すればいいかと、右の三部屋と、左の手前から二部屋に入り、家具を配置。机、椅子、棚。机の上には燭台と蠟燭も置いておく。

そして目玉商品は——ベッドだ。

寝台は木製で、これだけなら昨日も作れたのだが……。布団の覆いとなる生地や縫製する糸の問題があった。しかし、探索班が『亜麻』を大量に持ち帰ってくれたので、これが解決。

羊毛による敷き布団を生成し、寝台の上に配置。おまけに羊毛の詰まった枕も置いておく。

「これはなかなかいいんじゃないか？」

『家』感がグッと増したように思う。優先すべきことは済んだので、武器庫に槍を置いたり、家に必要なものを考えたりしてしばらく時間を潰し、家の外へ向かう。

「やっぱガラスが欲しいな……」

リビングには引き戸を作り、各部屋にも窓は用意したのだが、現代人としてはガラス窓が欲しくなる。

外へ出ると、四人が家を見上げてぼうっとしているところだった。

濡れた髪、首にタオルという格好で歩く様は、いつもと違った魅力がある。

ちなみに今の彼女たちはウール服のもこもこ姿だ。

「創助、これすごすぎでしょ！」

召子の反応はいつも素直だが、それゆえに本音だと伝わってきて嬉しいものだ。

「うん……ほんとすごいよ」

詩音でさえ、反応がシンプルになっていた。

「立派な愛の巣」

千癒はいつも通りだが、わくわくしているのが伝わってくる。

「本当、立派ね……」

色々と相談に乗ってくれた深法だが、話に出た家を実際に目の当たりにして、感動しているようだった。

「みんな、俺は風呂に入るから、家に入っててくれ」

俺は千癒に燭台を手渡し、風呂場に向かう。

「そうくん、いいの？　わたしたちのリアクション、見なくて」

千癒の問いに俺は苦笑する。

確かに、作ったものへの反応を見るのは楽しい。

「あとで感想聞かせてくれ」

風呂場の外、満足げな顔をして寝ているマシロを横目に、俺は風呂場へ向かう。

一人で大きな湯船を使うと、なんだかとてもすごい贅沢をしているような気分になる。

元々長風呂をする方ではないので、すぐに上がろうとしたのだが。

「え――――!?」

という召子の叫び声が聞こえたかと思うと、ドタドタと物音が連続し、家の扉が勢いよく開かれた。風呂上がりで暑いので、俺は亜麻布のシャツとズボンを着用して、衝立の外に出る。

するとそこへ、召子が飛び出してきた。

「創助！」

「家の中、暗いだろ。危ないから走るなよ」

「あ、うん、気をつける――じゃなくて！」

「どうだった？」

自分でもにんまりしているのがわかった。

「もう、もう、すごすぎ！　無人島来て自分の部屋持てたり、ベッドで眠れると思わなかったよ！　敷き布団も枕ももっこもこで最高！　上がりまくりだよ！」

召子が勢い余って抱きついてきた。

石鹼の香りと、彼女の体温、そして身体の柔らかさが伝わってくる。

「あっ……しょ、召子さん！」

深法が飛び出してきて大声を上げる。

「あはは、ついつい」

そう言って召子が俺から離れた。

「ほんと、素敵な家だね。キッチンもカウンターキッチンで、料理中にリビングのみんなとお話しできそうなのも嬉しいな」

詩音も外へ出てきた。

「いたるところに、そうくんの気遣いと優しさを感じた」

千癒が深く頷きながら登場する。

「わ、私もとても感心しているのよ。いえ、感動かしら。二人で伐った木が、こんな素敵な家になって。工野くんの能力ありきではあるけれど、協力できて嬉しいわ」

「いやいや、半分は深法のおかげだろ。色々相談に乗ってくれたし、そもそも俺一人じゃ今日中にこの家を作るなんて無理だった。しっかり自分の魔法と知識を誇ってくれよ」

「…………そ、そうね。ありがとう。一緒に家を作れて、楽しかった」

「あぁ、俺もだ」

全員で和やかな空気になる。

「マシロの家は明日でもいいかな？　もう寝ちゃってるみたいだし」

「うん。あ、あたしの部屋の窓から見える位置に作ってほしいかも」

「あぁ、そうしよう。朝起きて窓を開けたら、そこからマシロに挨拶できるように」

「やた！　そうそう、それがしたかったんだよー」

「取り敢えず、今日は寝るか」

召子の羊は既に帰してもらったし、収納すべきものも『インベントリ』に入れた。

みんなで家の中に入る。

途中、千癒が寄ってきて、俺の手をそっと握り、耳許に口を寄せて、囁く。

「このあと、そうくんの部屋、行くね」

「……」

俺は返事の代わりに、千癒の手を握り返した。

眠るまでは、まだもう少しかかりそうだ。

◇

部屋割りは、階段上がってすぐの右の三部屋、奥から召子、俺、深法。

左の四部屋は、奥から千癒、詩音、空き、空きとなったようだ。

俺は部屋の位置にはこだわりがなかったので別にいいのだが、端から選択権はなかった。

そして今、俺は蠟燭の灯りに照らされた部屋の中、ベッドに一人、姿勢よく座っている。

千癒はあとで来ると言っていた。

彼女は冗談を好むが、俺を騙すようなことはしない。必ず来る。

しかし時計もないこの状況では、どれくらいの時間が経ったか正確に測るすべもない。

一時間以上待っている気もするし、まだ十分だと言われれば納得しそうな気もする。

期待が膨らんで、そわそわしているのだ。

やがて、ノックもなしに部屋の扉が開き――パジャマ姿の幼馴染みが姿を現す。

手には、各人に配った燭台と蠟燭。

扉を閉めると、彼女は自分の分の蠟燭を吹き消し、俺の部屋の机の上に置いた。

「両隣の二人、もう寝てるかも。物音で起こすのは申し訳ない」

千癒がそんなことを言う。

「な、なるほどな」

俺はこくりと頷いた。納得すると共に、左右の部屋に召子と深法がいる状況で何かするのかと、背徳感のようなものが背筋を駆け上ってくる。千癒は慣れたように俺の隣に腰かけてきた。

「蠟燭、すごい。これなら夜の室内でも顔が見える」

千癒が俺の頰に手を当てながら言う。昨日の夜、互いにキスの位置を何度かミスったことを思い出しているのだと、すぐにわかった。

「これなら、失敗しないな」

「失敗してもいい。成功するまでチャレンジするだけ」

空を閉じ込めたような青の瞳と見つめ合う。互いに近づき、唇を触れ合わせる。

たったそれだけのことに凄まじい幸福感が伴い、俺たちの動きはだんだんと激しくなり、俺たちの密着は自然と強くなった。

千癒の唇は何度も俺の唇に吸いつき、離れる度に「ちゅっ……ちゅっ」というリップ音を放ち。次第に激しくなる口づけの中で、「ぴちゃっ……ぴちゅっ……」という水音が混じり。

ついにはどちらともなく舌を絡め合い、互いの口腔内を貪るように舐めまわし、荒い吐息を漏らす。密着することで、千癒の華奢な身体、豊満な胸部、体温と香りが強く感じられる。

目の前の幼馴染みが放つ全ての要素が愛おしく、また俺を昂ぶらせる。まだ唇を交わしただけだというのに、ズボンを突き破りかねない勢いで、あれが存在を主張していた。

「千癒……」

「ん。そうくん、ベッドに上がって」

「あ、あぁ」

腰かけた状態から、全身を寝台の上に乗せる。

千癒も続いたが、彼女はそこからパジャマの裾に手をかけ、ゆっくりと持ち上げた。

「ち、千癒、まさか……っ」

ごくりと唾を呑み、俺は千癒の胸部を穴が開くほど注視した。

へそが露わになり、細いお腹の全容が明らかになり、そして――たぷんっ。

なんとたとえればいいかわからなかった。月のように丸く白く美しく、プリンが揺れたかのようにぷるぷると動き、つきたてのモチのように見ただけで柔らかいものだとわかる。

それが、二つ。だがその全てと違うところは、先端に可愛い突起があること。

「そうくん、見すぎ」

さすがの千癒も、照れたように言う。だが俺は視線を外すことができなかった。

千癒はブラを外した状態で、俺の部屋へ来たようだ。

「ち、千癒、その」

「ん。今の幼馴染みは、お触りオーケー」

俺は両手をそっと伸ばし、おそるおそる、彼女の乳房に触れる。

最初に感じたのは絹のような手触り、続いてふにゅん……と指が沈み込むほどの柔らかさ。

すべすべて、ふわふわで、もちもちで、たゆんたゆんで。肌触りと柔らかさを表現するありとあらゆる言葉を総動員しても、俺の感動の一割も表すことができないだろう。

美術館で、一つの絵を何時間も眺める人の気持ちを理解する。

胸に押し寄せる感動に限りはなく、許される限り鑑賞していたいという衝動に駆られる。

「んっ……そうくん……胸、好き過ぎ」

「すまん、千癒様」

「……さま？」

「いや、こんな素晴らしいものをお持ちの方を、呼び捨てにするなんてとてもとても……」

「そうくんのキャラが壊れるほど、魅力的なおっぱいですまない」

「永遠に触っていたい」

「いいよ。でも……ここはいいの？」

お返しとばかりに、千癒が俺の股間を撫でる。

「……よ、よくないです。今日もお願いします」

俺は名残惜しさを感じつつも、千癒の胸から手を離した。

「がっかりする必要ない。そうくん、脱いで」

「あ、あぁ」

俺が下を脱ぐと、もうずっと臨戦態勢を維持しているあれが、限界まで膨れ上がった状態で天を向いている。千癒が、それをじぃっと見ている。

こちらも彼女の胸を注視していたので、恥ずかしいが責めることはできない。

「昨日より大きい気がする」

「そ、そうかもしれない。……その、千癒がよく見える状態だから」

「……嬉しい。でもそうくん」

「なんだ？」

「わたしで大きくなってる？　それともわたしのおっぱいで？」

「どちらも千癒じゃないか」

俺は綺麗な笑顔で言った。

「逃げたな」

千癒の言葉にチクリと刺される。

彼女は正座していた両足を左右に崩し、自分の太ももをぽんぽんと叩いた。

「そうくん、ここにお尻乗せて」

……つまり、両足を開き、仰向けの状態で、千癒の太ももに臀部を乗せろってことか。

「と、ということは、千癒、まさか……っ」

「大声出すと、二人が起きるよ」

俺は慌てて口を押さえた。

そして、若干無様（ぶざま）だなぁという体勢に迷うことなく、仰向けで腰を浮かす。

だが千癒は笑うことなく静かに自分の身体を滑り込ませ、俺の下半身を受け止めた。

「そうくんは、無類のおっぱい好き」

「うっ」

「でも、しおちゃんに聞いた。そうくんのその性癖は、わたしが原因らしい」

「原因というか……きっかけ、かな」

否定してもしょうがない。

「ふふ。大好きな幼馴染みが中学に上がって巨乳になったから、巨乳好きになったんだ、ね」

小学生の頃は気にならなかったのに、中学に上がって彼女の胸は驚くほどの急成長を遂（と）げた。

そしてあれから、更（さら）に大きくなっている。メロンのごとき大きな球体が、凄まじい柔らかさとハリを持って、幼馴染みにぶら下がっているのだ。

まだ何もされていないのに、期待であれがビクッビクッと揺れている。

「じゃあ、もっと好きにさせてあげる」

千癒が口に溜めた唾液（だえき）を、「んえろっ……」と、谷間に垂（た）らす。それが胸の奥に沈んでいく度、自身の両手で胸をこねていた。それが目の前で何度も繰り返される。

「ん……そろそろ、乳内、どろどろ」

俺の怒張した棒を、千癒が己の下乳側の谷間にあてがう。

「そうくん、おっぱいに挿入れるのは初めて？」

「あ、当たり前だろ」

「じゃあ、胸の初めても、わたしのもの、だ」

瞬間、まるであそこだけが風呂に入ったかのように温かくなった。

それだけではない。全方位を包む粘液と、柔らかいもので圧迫される感覚。

「ぐっ……！！！！」

落雷を受けたような快感に全身が跳ね上がる。

暴発しなかったのが奇跡のような、爆発的気持ちよさだった。

「そうくん、気持ちよさそう。そっか、感じてる時、そういう顔、なんだね」

上げて、落とす。上げて、落とす。むにょん、たぷんっ……！　むにょん、たぷんっ……！

視覚的な迫力と、あれがぬるぬると擦り上げられる感覚によって、脳が快楽物質で満たされていく。俺は今、幼馴染みの千癒という少女の中で溺れているのだ。

「んっ……んっ……んんっ」

彼女は、自分の胸を持ち上げては落とすのを繰り返す。ただ、幼馴染みの男の性癖に沿って、その欲望を叶えてやるために。それをしてくれる彼女の愛情に胸が熱くなった。

「あっ……ぴくってした。そろそろ出るね、そうくん」

昨日の一回で、俺の発射の前兆を摑んだらしい。

「しおちゃんの胸に、沢山かけたって聞いた」

「……っ」

やはり女子同士で情報が共有されてしまっているようだ。

「別に怒ってない。でも、正直、悔しい」

「く、悔しい？」

「しおちゃんには連続二回出した。勝ちヒロイン幼馴染みになるべく、ここで巻き返す」

「いや、千癒……」

詩音に二回、ここで千癒に一回出すだけでも、だいぶ出せてる方なんだ……。

「問題ない。そうくんの読んでたマンガによると、男の人は日に数十回は出せる」

それはマンガだからだ……！

フィクションにおける『探偵』のスペックや仕事が盛られまくって一種の様式美みたいになっているのと同じように、フィクションにおける男の股間のスペックや射精量は盛られまくっているのである。読者はその嘘を許容し、物語を嗜んでいるのだ。

真に受けてはいけない……！

「しおちゃんに二回も出したんだから、わたしは二倍……三倍……いや、五倍は射精させる自信がある」

俺、ここから十回も搾精されるのか!?　死んでしまう！

しかし悲しきかな、幼馴染みが与えてくれる快楽からは逃げられない。

「ぐっ、ち、千癒っ」

「ん。大丈夫。一番気持ちいいタイミングで、好きなように出して」

千癒の動きが加速した。

「日本にいた時は、何に出してた？　わたしのこと考えて、ティッシュに出したり、した……？　もう、そんなことしなくていいよ。ティッシュじゃなくて……わたしに出していいから」

性癖が筒抜けになっている幼馴染みは、俺特化の囁きでトドメを刺してくる。

「出して、そうくん。全部幼馴染みの乳内(なか)に、びゅびゅびゅびゅっってして」

「がっ……！」

腰が浮き、ガクガクと震える。

それに伴って、千癒の乳の中にマグマのようなドロドロが放出された。

千癒は発射の瞬間に乳を振り下ろして止め、優しく受け止めてくれる。

「びゅー、びゅー、びゅー……すごい、まだ続いてる。びゅー、びゅっ、びゅっ……びゅっ……。おっぱいのこと、妊娠させたいみたい、だね。……あ、見て、そうくん」

目がちかちかしてぼうっと天井を見て放心中の俺を、千癒が呼ぶ。

視線を向けると、彼女の谷間から、唾液とは違う、白濁した液が溢(あふ)れていた。

「そうくん、わたしで興奮しすぎて、噴火(ふんか)してる」

俺のあれは千癒の乳の中に完全に埋没していたはずだが、あまりの勢いと量に、噴(ふ)き出してしまったようだ。そのことに、千癒は満足げな顔をしている。

「……気持ちよかった？」

「……あぁ、最高だった。あのさ、千癒」

朦朧としていた意識が明瞭になってくると、俺はあることを思い出した。

「なに？」

「き、昨日はほら、途中で召子と詩音が来て、俺が千癒を気持ちよくするのが保留になってただろう？　なのに今日も先に俺を気持ちよくしてくれて……。今からでも、お礼させてくれ」

これは本心からの言葉だ。決して、このまま連続で搾られるのが怖いわけではない。

千癒はいつも通りの無表情で、けれど少しだけ赤らんだ顔で、こくりと頷く。

「そうくん。もちろん、わたしも、そうくんに気持ちよくしてほしい」

「あぁ、頑張るよ」

「でも――そのあとで、しっかりしおちゃんの五倍は搾る」

俺ごときの浅ましい考えなど、幼馴染みの千癒様にはお見通しのようだった。

その上で受け入れてくれるのだから、懐の広い幼馴染みである。

俺たちは一度体勢を整え直す。

千癒には、パジャマの下を脱いだ上でベッドの上に仰向けに寝てもらった。

一糸まとわぬ姿となった彼女にも、また見惚れてしまったのだが……そこは割愛。

心臓が破裂しそうなほどに鼓動を打つ中、幼馴染みの割れ目にそっと指を伸ばす。

「んっ……」

そこは既に、誤魔化しようもないほどに潤（うる）んでいた。千癒の上げた切なげな声も相（あい）まって、出したばかりだというのに興奮が再度最高潮に達する。

千癒だって、経験はないのに俺のために頑張ってくれたのだ。俺が知識不足を理由に萎縮（いしゅく）するわけにはいかない。傷つけないよう最大限配慮しつつ、愛撫（あいぶ）を続ける。

男のものもそうだが、ただ触れるだけでなく、速さや強さ、位置などでも感じ方は変わってくるのだろう。探るような動きの末、千癒が反応する動きというものを覚えていく。

「ふっ、あっ……んっ……んんっ……」

さすがに、漏れ出る嬌声（きょうせい）ばかりは、平坦（へいたん）とはいかないようだ。

普段の幼馴染みとは違う声に、喜びと優越感が湧（わ）いてくる。

食い入るように幼馴染みの肢体（したい）を見つめていた俺だが、ふとあることに気づく。

指だけでは、彼女がしてくれたことに報（むく）いることはできないのでは、と。

思い至ってすぐ、俺は行動を開始。先ほどまで触れていた部分に、自分の顔を近づける。

「……そう、くん？　っ。な、なにしてるの」

焦ったような幼馴染みの声。

「いや、千癒にしてもらった分、俺も頑張ろうかなと」

「そ、それはまだ、早い」

彼女が耳まで赤くなっているのも、愛おしい。

「嫌か？」

「……ヤ、じゃない」

彼女は諦めたように視線を逸らし、口元に自分の手を当てた。まるで、これから出す声を少しでも抑えようとしているみたいに。

そんな彼女の仕草に興奮は更に高まり、俺はそっと彼女の割れ目に顔を近づけていく。

「んんっ……」

幼馴染みの切なげな声が、しばらく部屋に響く。

◇

「そうくん。ありがとう。すごく、きもちかった」

千癒の肌が、心なしツヤめいているように見える。

満足頂けたようで何よりなのだが……何故だろう。幼馴染みから謎の迫力を感じるのは。

「今度は、わたしの番、だね」

千癒が俺を押し倒し、そそりたつ棒を、即座に双丘で挟み込んだ。

それだけではなく、彼女は自分の両手で、双丘をぎゅうっと押さえつけたのだ。

「ッ……!?」

そこに彼女の唾液が垂らされ、乳の中のどろどろとろとろ空間に、圧力という武器が加わる。

「ち、千癒？　なにか怒らせるようなことしちゃったか？」

「……してない。むしろ感動した。そうくんの頑張りに報いるため、わたしも更に頑張る」

「そ、そうか。じゃああと一回だけ……」

「遠慮しなくていい。思春期の滾る性欲、全部受け止めてあげる」

もしかすると、彼女の負けず嫌い魂に火をつけてしまったのかもしれない。

彼女に気持ちよくしてもらい、彼女に気持ちよくなってもらう。すると彼女が俺を気持ちよくしようと頑張り……あれ、これ終わらなくないか？

「気持ちは嬉しいけど、あんまり遅くなるのも……」

「疲れたら『初級治癒』をかける。そうくんの『そうくん』も回復する」

「あわ、あわわわ……」

俺は幼馴染みの絶対搾精宣言に震えていた。

ハーレムを許容する懐の広さ、幼馴染みの欲望を知り尽くした上で夢を叶えてくれる慈愛。そこに生来の負けず嫌いが乗ることで、千癒は淫魔の如きモンスターと化してしまった。

「もちろん、そうくんが嫌ならやめる。『千癒の胸、詩音の手コキ以下だからもういいわ帰れよ』って言うなら、帰って枕を濡らす」

その言い方はずるくはないだろうか。

「わ、わかった。千癒……その……俺もお前と沢山したい」

覚悟を決めた俺に、千癒が頷く。表情は変わらないが、喜んでいるのがわかった。

「任せて。そうくんが持ってた本みたいに、全身白くしてくれていい」

いや、だからそれはフィクションで……。いや、『初級治癒』で精力が回復するなら、再現することもできてしまうのか？

そこに至るまでの快楽に、頭が壊れてしまいそうで怖くもあるが。

恐れる俺を置いて、彼女が乳に圧力を加えたまま、ゆっくりとそれを動かし始める。

「いくよ、そうくん」

たぷんっ……。

気づけば、俺は白い空間で席についていた。……ここに来る前の記憶がひどく曖昧だ。

千癒の胸の肌色が見えなくなるほど白濁液を搾り取られたあと。自分に『初級治癒』をかけることで活力を取り戻した彼女は、俺にも癒やしの魔法を施した。

元気になった俺たちは、そこで再び攻守交代。攻めの時に見せた淫魔顔負けの積極性が鳴りを潜め、漏れ出るような喘ぎ声を上げる姿が非常に愛らしく、さっきまでこってり搾られたことも忘れて燃えてしまった。初心者ながら、長時間の実戦経験により技術が向上し、なんとか千癒を満足させることができた。

いや、違うな。そのことで千癒に再びスイッチが入り、襲われたんだった。そのあとはどうなったか覚えていない。おそらく二人一緒に眠ってしまったのだろうが、朝が怖いな……。

　俺たちは後片付けもせずに寝てしまったものと思われる。おそらく互いの身体やベッドがひどいことになっているのではないか。問題はもう一つあった。

　召子と深法が俯（うつむ）いたまま口を開かないのだ。

　耳が赤くなっているところを見て、俺は察してしまう。

　——ば、バレてる……！

　どうやら俺たちの新居、防音性には優（すぐ）れていないようだ。詩音も二人の反応で何かを察したらしく、俺を笑顔で見つめている。にんまりとした、色気のある笑みだ。

「そ、そういえば、ここに来る時は制服なんだな」

　思い返せば昨日もそうだったのだが、気づけなかった。

「ん。最初にここに来た時の格好で呼び出される、っぽい？」

　応じてくれたのは千癒だ。

「そうだね。就寝時の格好で呼び出すと、人によっては大変なことになるかもしれないし」

　詩音の言葉に、召子と深法がぴくりと反応した。ちなみに俺はビクッ！　と反応した。

「ん。確かに、夜は全裸（ぜんら）派とかもいるらしい。そういう人は、仲間内に裸（はだか）を見られずに済む」

　千癒はさすがの無表情だ。

「あ、みんな！　黒板に文字が出たぞ！」

　誤魔化すわけではないが、なんだかそんな言い方になってしまった。

『二日目が終了しました』

『生存ボーナスについての説明を開始します』

「生存ボーナス？」

俺の声に、みんなの視線が黒板へ集中する。

『・生存ボーナスについて
本島における生存日数一日につき、『寿命』が一日プラスされます。

ただし、これは生存を保証するものではありませんので、ご注意ください。

（生存日数とは、一日の終わり、この部屋に訪れたことで加算されていきます）』

「寿命が、増えるですって……？」

深法が信じられないという声を出す。みんな同じ気持ちだろう。

生存が保証されないということは、事故死や他殺などで死ぬことは有り得るし、それならば自殺も当然可能ということになる。

自分の身体に生存限界が設定されていたとして、それが一日伸びる、ということか。

今は二日目の夜だから、俺たちの寿命は二日伸びた、ということになる。

『死亡ペナルティについての説明を開始します』

生き延びたらボーナス、死んだらペナルティ……？

『・死亡ペナルティについて
本島において、戦闘行為や事故、病などによって命を落とした場合、「１００」ポイントを失います。

自ら死を選ぶ、他者を殺めるなどプレイヤーの生存活動を終了させた場合は「１８２５」ポイントを失います。

獲得ポイントはマイナス計算も行われますので、ご注意ください。

死亡した時点での総獲得ポイントがマイナスだった場合、その数値に応じて――帰還後に意識不明の状態に陥ります』

「……意識不明だと？」

「……死亡なのに、地球に帰還？」

「い、意味わかんないんだけど……」

「これは……ゲームみたいなもので、死んだらゲームオーバー扱いで、地球に帰れる？」

「……ポイントの説明がないのに、ペナルティの説明だけするなんてフェアではないわね」

俺に続き、千癒、召子、詩音、深法と、全員が謎黒板の告知に反応を示す。

『ポイントについての説明を開始します』

『・ポイントについて
本島におけるみなさまの活動を我々が観察し、独自の基準で評価させて頂きます。

なお、評価基準についてのお問い合わせにはお答えできません。

また、現時点では獲得ポイントの総数についてはお答えできません』

「ねぇ、ちんぷんかんぷんぷんなんだけど！」

召子が叫ぶ。『ぷん』が一回多いのはわざとなのだろうか。俺はそこには触れずに応える。

「……つまりだ。ポイントはお金みたいなもので、謎黒板が俺たちを勝手に監視した上で、給料代わりにくれるもの。ただ、死んだらそのポイントからペナルティ分が引かれる」

「もし、しょこちゃんが『10』ポイント持ってた状態で事故死したら、差し引きで『マイナス90』になる」

「どういうふうに地球に戻れるかはわからないけど、戻った時——召子ちゃんはそこから90日、目が覚めないいってことなんだと思う」

「自死を含めて人の死を引き起こした場合の『1825』は、5年ね。うるう年は計算していないようだけれど、おそらく殺人罪による懲役刑が5年から、だからかしら」

適当に日本の法を参照したかのような数字だ。

「……それならわかる、けど。みんなあたしでたとえなくたってよくない!?」

召子がちょっと涙目になった。死ぬ死なないでたとえに使われて怖くなったのかもしれない。

「このタイミングでそんな告知をするってことは……」

「生きる希望を持たせつつ、殺したり死んだりしないよう促してると考えられるわね」

俺の呟きに深法が反応した。

また、この夜の招集自体も、無人島生活を続けるモチベにしようとしているのではないか。

今日を凌げば、何か答えが得られる、何か新しいものが追加される。

そういう考えを持たせ、俺たちを長く観察するために。

「それより、死んじゃう以外で帰るにはどうすればいいわけ！」

『この状況が開始される前の状態に戻る方法は存在します。ですが現時点で貴方がたに解放はされていません。今後のアップデートをお待ち下さい』

「それは昨日も聞いたし！」

『質問です。水源の増設と鉱山の配置、これからの生活に必要なのは？』

『水源／鉱山』

「無視すんなー！」

「落ち着け召子。何か訊くなら、まだ訊いてないことにしよう」

詩音のおかげで昨日聞き出せたことは三つ。

このクラス転移は、謎黒板にとってゲームのようなものであること。

他の生存者の状態は教えてくれないということ。

そして召子の発言で再び聞かされた、帰還方法は存在するということ。

今日知らされたのは生存ボーナス、死亡ペナルティ、ポイントシステムだ。

「そうだね、創助くんの言う通りだよ。投票が終わるとすぐここから追い出されるから、もし質問できるなら今の内に――」

『過半数を超えたため、投票を締め切ります』

『三日目より環境に配置される「水場」が増加します』

「……当然ね。今日の二択は、私たち以外にとっては簡単すぎるものだもの」

深法の言葉は尤もだった。

俺たちは『クラフト能力』があるから、海水から膨大な水を生み出せるし、お風呂にだって使える。だが、普通の高校生が無人島で飲み水を確保するのは容易ではない。

二日目の夜になって、島に水場は増えると言われたら、迷わずそうするだろう。

とにかく投票は終わってしまった。

「みんな、何かあるか……!?」

「えと、えと、あっ、ポイントがプラスの状態で帰還できた時はどうなりますか!?」

「帰還できると言うけれど、どのタイミングに帰還になるかしら？　一クラス全員が失踪したとなれば大問題だし、戻ったとしても、その後の生活に支障が出るわ」

「……帰還した時、この島での記憶はどうなる？」

「あっもふもふ！　ねぇ、島でもらった力はどうなんの!?」

『ポイントがプラスの状態で帰還を果たした場合、別途ボーナスが付与されます。具体的な内容については現在お答えできません』

『帰還地点に関しては、現在お答えできません』

『本島における記憶を帰還時に引き継ぐことは可能ですが、それには特定の条件を満たす必要があります。条件に関しては、現在お答えできません』

『本島で獲得した能力を帰還時に引き継ぐことは可能ですが、それには特定の条件を満たす必要があります。条件に関しては、現在お答えできません』

「俺たちはここでどれだけ生き延びればいい！」

『観察期間についてはお答えできません』

『三日目が開始します』

第三章 EPI.03

三日目

KAMIZU HOTAMI presents Illust. by GIUNIU

さて、三日目の朝である。

千癒と一緒に布団に包まっているのは、正直幸せだ。

しかし起きた瞬間にわかる異臭。

男なら誰でも知っている、己から放たれた液体から、のちのち漂うあれだ。

しかし今日は、そこに別の匂いも混じっているように感じられた。

俺はベッドから起き上がると、窓を開けて換気を開始。

服も寝具もまるっと収納再配置して綺麗にすればいいが、問題は人だ。

「そうくん……」

「千癒。おはよう。そしてすまん……」

目を擦りながら上体を起こした幼馴染みは、一糸まとわぬ姿を晒している。そのたわわに実った二つの果実に視線が吸い寄せられるが、その肌にはかぴかぴとした何かがこびりついていた。

「……そうくんの性癖からは少し外れるかもしれないけど、『くっさぁ……』と言っておく」

性癖ドンピシャではないが、ドキッとはする。

特に、くさいと言って嫌がってはいないみたいで、受け入れられている感をくすぐられた。

「取り敢（あ）えず、タオルで身体（からだ）を拭（ふ）こう。それから千癒は……風呂が必要だよな」

いや俺も必要だが、なによりも千癒だ。水の入った桶（おけ）とタオルを配置し、二人で身体を拭く。

それから互いの衣服を収納再配置。俺は寝具も同じようにする。

これで、パッと見は綺麗（きれい）になったし、部屋の悪臭もだいぶ解消された。

ちなみに『浄化（ピュリファイ）』を使えば除菌洗浄ができるのだが、みんなお風呂に入りたがる。身綺麗にするだけが入浴ではないし、俺も風呂は嫌いではないからいいのだが。

とにかく、千癒も風呂に入りたかろう。

「一緒に下りるか？　風呂、すぐ入れるぞ」

「ん。どうせなら一緒に入る。時間短縮」

「そっ……そうだな。ただ、風呂場はまだ未完成なんだよな」

「浴槽（よくそう）があれば充分」

「確かにそうか」

まず、俺がこっそり部屋の外に出る。人がいないことを確認すると、千癒を手招きで呼んだ。

一旦（いったん）廊下に出てしまえば、あとはもうばったり出くわしただけと誤魔化（ごまか）せる。

「そうくん、誤魔化せないと思う」

「……わかってる」

「それに、隠すようなことでもない」

「……かもしれないけどさ」

「それとも、隠したい？」

「いや、俺にとってはめちゃくちゃ嬉しいことだったし、隠したいなんて思わない」

「よかった」

千癒が安心したような声を漏らす。

「でも、これで堂々としているのは、なんだか違う気がするんだ」

「そうくん、らしいね」

二人で階段を下りて、風呂場へ向かう。とはいっても、露天風呂予定なので野外だ。

衝立を配置し、床には『石材』を加工した石畳を敷き詰めてある。これは『配置』機能を使ったので、そう難しくなかった。表面は平らにしてあるので、裸足で歩いても痛くない。

続いて浴槽を設置。そして昨日の残り湯を浴槽内に配置する。残り湯といっても、衣服の汚れと同じく髪や皮脂汚れは収納時に失われるので、ただの清潔なお湯だ。

四人のあとに俺も入ったので熱々とはいかないが、身体を洗うのには適した温度である。

堂々と服を脱ぐ千癒に気後れしつつ、俺も急ぎ服を脱ぐ。

昨日散々眺めたというのに、生まれたままの姿の幼馴染みに視線が吸い寄せられる。

「さすがに、照れる」

視線に気づいた幼馴染みが、ほんのり頬を染めた。

「す、すまん」

俺は慌てて視線を外し、身体を洗うべく桶を手元に配置すると、湯を掬う。

いざ湯を被ろうとしたところで、千癒が「待って」と声をかけてきた。

「ど、どうした？」

「せっかくだから、久々に洗いっこ、しよ」

「……また懐かしいことを」

洗いっこという言い方に、先程までの緊張が消え、自然と笑みが漏れた。

互いの家が仲良くしていたこともあり、幼い頃は一緒に風呂に入ることもあったのだ。

その時に、互いに背中を洗いあうのが恒例だった。

「だめ？」

「だめじゃないさ」

俺は木製の風呂椅子を二つ生成し、配置。互いに腰かけ、まずは俺が彼女を洗うことに。

幼馴染みの小さくすべらかな背中を石鹸で洗い、湯で流す。

「ん。ありがとう。次はわたしの番」

互いに先ほどまでとは逆を向いて座る。今は俺が彼女に背中を向けていた。

一度背中に湯がかけられ、それから泡立てた石鹸で背中を洗う。

その手順自体は、俺がやった時と共通していたのだが……。

ぽよんっ……と、何かが背中に当たる感触に、俺の心臓が跳ねる。

「ち、千癒っ……？」

「そうくんは、こっちの方が嬉しい、でしょ」

非常に柔らかく弾力に富んだ二つの物体が、俺の背中で上下に動いている。

千癒は今、自分の胸部を俺の背中にこすりつけているのだった。

洗いっこという言葉で童心に返った俺と違い、千癒は朝からやる気満々だったらしい。

彼女にそんなことをされては、こちらも年相応に反応してしまう。

背中に全神経を集中することしばらく。ふっと彼女の感触が離れ、湯がかけられる。

「ん。おしまい」

「な、なぁ……千癒」

「どうしたの、そうくん。早く上がらないと、しおちゃんの朝食が出来上がる」

料理長に就任した詩音(しおん)は、うちの料理を一手に引き受けることになった。

もちろん人手が必要な場合や、協力したい人がいた時は手伝うことになっている。

これ以上時間をかければ、朝から盛(さか)っていたと公言するようなもの。それはわかるのだが。

「そう、だな……」

「でも、そうくんの『そうくん』は上がりたくないみたい、だね」

「……千癒にあんなことされたら、こうもなる」

俺の発言に、彼女は満足げな顔になる。

「それなら、少し時間はかかるけど、入ってく?」

千癒が自分の胸を持ち上げながら、そう言った。

風呂と乳、二つの意味で言っているのだろう。

「……頼む」

「じゃあ、そうくんは縁(ふち)に腰かけて」

俺は促(うなが)されるまま風呂の縁に腰を下ろし、足湯のような状態になる。

そんな俺の足の間に千癒が入浴し、乳を寄せてきた。

「昨日あんなにしたのに、飽きない？」

「多分、一生飽きない」

千癒が微(かす)かに微笑(ほほえ)んだように見えた。

「それなら安心。一生してあげる」

それから二回ほど発射し、詩音が捜しに来たところで慌てて上がることになった。

◇

朝は焼きキノコとスープを食べることになった。

肉は腐るのが怖いので俺の『インベントリ』に入れていたのだが、俺が千癒と風呂場でイチャついていたため、詩音が俺に肉の配置を頼めず、こうなってしまったのだ。

「み、みんな、すまん……！」

リビングの食卓で、俺は仲間たちに謝る。

「ううん、気にしないで。私も、もっと早く声をかければよかったんだし。それにデザートにアケビもあるから、無人島ご飯としては充分だよ」

詩音は苦笑しながらそう言ってくれるのだが……。

彼女が朝食を作ってくれることは覚えていたのに、肉の件が頭から抜け落ちていた。

「あ、朝風呂は別に、いいんだけど……」

「昨日、女子だけの話し合いで、一応の説明を受けて私なりに納得はしたけれど……。その……少しは節度を持った方がいいのではないかしら、と思ったり……」

召子と深法の顔は赤い。

「いや、本当に気をつけるよ。集団生活を送る上で、仲間に迷惑をかけるのはよくないよな」

というかそのあたり自制しないと、堕落してしまう。

「そうくん、それは違う」

やけにツヤツヤした肌の千癒が、キノコを頬張りながら言った。

「千癒？」

「迷惑をかけちゃいけない、と考えるとストレスになる。もちろん最善は目指すべきだけど、ミスをしたら反省して、取り返せばいい」

「ふふ、そうだね。創助くんの気が軽くなるなら、私たちに何かお詫びの品をくれるとか？」

俺がこれ以上自分を責めないようにだろう、詩音が悪戯っぽく言う。

「そ、そうだな。もちろん今後気をつけるけど、今朝迷惑をかけた分、何かお詫びをさせてくれ。してほしいこととか、作ってほしいものとかさ」

「うーん。食材……は探索する時に絶対探してくれるし……あ！　そうだ。香料になりそうなものとかを見つけてくれると嬉しいかも」

「香料？　バニラエッセンスみたいな？」

バニラも植物なので、この島ならば存在するかもしれない。あるいは今後配置されるかも。

「あ、うん。そういう感じ。料理の香り付けにも使えるし。ただ私が欲しいのは、フローラル系の香り付けに使える精油かな」

「香水でも作るのか？」

「惜（お）しい！　私ね――匂いつきの石鹸が欲しいな、と思って」

詩音が両手を合わせて、求める品に思いを馳（は）せるように言う。

その言葉に、女性陣がぴくりと反応を示した。

「あーなるほど。確かに日本で使ってたやつは、匂いつきとかあったかも」

「そうくんの家で使ってたのは、ハンドソープがシトラスの香り、ボディーソープが控（ひか）えめなフローラル」

「そ、そうか。教えてくれてありがとう」

幼馴染みの性癖だけでなく自宅の石鹸類も知っているとは。

まぁ家族ぐるみの仲なので、知る機会は沢山（たくさん）あったはず。

「果実、ハーブ、樹木、花などからとれるものだから、工野（くの）くんの『アイテム化』で詳細（しょうさい）が判明してから、使えるものを選び抜くのがいいかしら。もちろん、作る予定ならばだけれど」

　この反応からするに、深法も欲しいのだろう。

「じゃあさ、今日の探索、あたしと創助で行こうよ。そしたら、あたしは今朝の件許すから」

　詩音の要望で、香料探し。できた石鹸はみんなに配ろう。

　召子の要望で、探索に同行。

「深法は？」

「えっ？　じゃ、じゃあ、私も石鹸を……」

「いや、詩音の要望で香料は探すけど、出来上がった石鹸はみんなに渡す予定だよ。だから他ので頼む」

「そ、そう……。そ、それじゃあ、また魔法の練習をしたいから、一緒に来てもらえると嬉しいわ。……ほ、ほらっ、ついでに何か『アイテム化』できるかもしれないし……」

「そんなことでいいなら、喜んで付き合うよ。木はいくらあってもいいし……岩なんかも地面に埋まってると収納できないから、魔法でなんとかならないかな……？」

「砕いたり切断したりかしら……？　考えてみるわね」

「頼むよ。じゃあ、まずは召子との探索。そこで俺は香料探し。深法との魔法練習は午後からでいいか？」

「ええ」

「あっ、お昼はイノシシ肉のステーキにしようか」

「ステーキいいね！　色んな食べ方考えてくれるしーちゃん好き！」

みんなの空気が普段どおりのものへと戻っていく。

「ふふ。あ、言いそびれていたけど、このリビングも素敵だね、創助くん」

「そうそう！　下りてきたらソファがあってびっくりしたよ！」

そう。リビングには木枠に亜麻布張りのソファを配置していた。クッションにはウールを使用している。

「照明がなくても、窓が大きいから沢山光が入ってくるのもいいわね」

新居が好評で嬉しい。ちなみに、共犯者である千癒には、当然お詫びの品は出ない。

まぁ、千癒は欲しいものがあったら遠慮なく言うので問題ないだろう。

本当なら昨日の夢の話でもしたかったのだが、俺の所為でそんな空気ではなくなってしまった。朝食はもう済んだし、昼飯時にでもすればいいか。

幸いというか、今日追加されたのは『水場』で、俺たちの生活への影響は少ない。

そんなこんなで――三日目が始まる。

今日は二手に分かれて探索することに。

俺、ギャルの召子、フェンリルのマシロが香料などを求めて遠くへ。

幼馴染みの千癒、清楚な料理長詩音、生真面目魔法使いの深法が、拠点周辺の探索を担う。

「じゃあ、また昼ごろにな」

「いってらっしゃい、創助くん、召子ちゃん、マシロくん」

「怪我したら、すぐわたしのところへ来ること」

「そうね。無理だけはしないでね」

仲間たちに見送られ、出発。昨日も乗ったはずだが、マシロの背中も久しぶりな気がする。

俺は召子の腰に腕を回し、落ちぬようしっかり摑まった。

「んっ……。じゃ、じゃあマシロ、今日もお願い」

召子の言葉に、マシロが元気よく応えて駆け出す。

「やっぱマシロは速いな。色々と助けてくれてるし、今日こそ小屋を作らないと」

「うん、喜ぶと思うよ」

「召子も、探索班固定みたいになってごめんな。休みたい時とかは言ってくれよ？」

「うーん、元々出かけるの好きだし。でもだらだらしたい日があったら言うね」

「あはは、そうしてくれ」

「創助こそ、なんでも作ろうとしなくていいんだよ？　今でも充分すぎるし、なんかあたしたちや仲間全体のものばかり作ってない？　自分だけのクラフトとか、全然すればいいのに」

「いや、俺の欲しいものが、みんなの欲しいものと被ってるだけだよ。家とか、超テンション上がりながらクラフトしたし」

「そ？　ならいいけどさ。実際うちらの家、やばいよね。あんなのに住めるの、この島ではあたしらだけだよ」

「初日の小屋から、成長したよな」

「みんなで寝る感じも、修学旅行みたいで好きだったけどね」

「男女同室の修学旅行はないだろ」

「それは確かに」

　召子が楽しげに笑う。

「俺が次に欲しいものがあるとしたら……ガラスかなぁ」

「えっ、ガラスも作れるの？」

「ちょこっと深法にも相談したんだが、あとは珪石がとれればなんとかなりそうだ」

　残りの材料は、既に発見済みの貝殻や海藻からゲット可能。

「マジか。ガラスあったら、一気に現代感出そうだね。でも石ってことは、今日追加されるのが鉱山だったらいけたのにね」

　水場と鉱山の二択で、即座に水場への投票が過半数を超えたのだ。

「そうだなぁ。でも、水場でよかったと思うよ。俺たち以外にも転移してる奴らはいて、みんなに必要なものだしな」

「……そうだね。さすが創助！」

「いやいや、こんなこと言って、積極的に転移者を探してないんだから、偽善だろ」

イノシシをピンポイントで発見したマシロの嗅覚なら、他の人間も見つけられそうなものだ。

今はその嗅覚を、ひとまず柑橘系の植物を探すのに使ってもらっている。

「なんで？　創助に全員を助ける義務とかないっしょ。目の前で困ってる人を助けるのと、どこかで困ってる人を探しに行ってまで助けるのは違くない？」

「まぁ、そうだな。後者は、ヒーローとかになっちゃうな」

「そうそう、ヒーローになんてならなくていいんだよ。そんなことしなくても、創助がいい奴だってあたしらはわかってるから」

正直、そのあたりの考えは人それぞれだろう。

今まさに困ってる奴からすれば、能力があるなら自分を助けるべきだと考えるだろうし。

ただ、友人である召子が味方してくれたのは嬉しい。

「ありがとう、召子。ちょっと気が楽になったよ」

俺は召子の背中に額を当て、小さく呟いた。

「あはは、いいってことよー。とか言って、あたしは初日から創助に突撃しちゃったけどね」

夜にフェンリルが小屋に来たと思ったら、召子と詩音が乗っていたのだ。

「あぁ、あれは驚いたよ。でも、召子と再会できたのはよかった」

「あたしの方こそだよ。創助にはほんと感謝してるから」

こういう友人だからこそ、仲間になれてよかったと思う。

これは度々感じていることだが、いくら俺でも便利な奴扱いされたりすれば気分が悪いからな。

「なんだか、急に真面目な話になると恥ずかしいな」

「わ、わかる。なんか顔熱くなってくんね……！」

と、そこでマシロの速度がゆっくりになり、やがて止まって鳴き声を上げる。

「え？　ここなのマシロ？　でも――草しかないじゃん」

召子の言う通り、目の前に生えているのは草だ。

長い草が無数に生え、曲線を描くように伸びている。

「『アイテム化』してみよう」

俺はマシロに降ろしてもらい、石のナタで植物を切る。

そして『アイテム化』すると――『レモングラス』と出た。

「レモングラスだってさ」

「あー！　レモンの匂いするやつ！」

「だなぁ。ハーブティーなんかでもあったはず。取り敢えず、柑橘系の匂いはこれでいくか」

「ごめんねマシロ。ばっちり見つけてくれたのに『草じゃん』とか言っちゃって」

召子がマシロに抱きつき謝っている。

マシロは召子のおっぱいが押し当てられたので、全てを許してくれることだろう。

その後も、マシロの嗅覚を信じて探索と採集を続けた。

「やっぱ、『もふもふ召喚能力』やばいぞ。俺の能力単体じゃ、クラフトできるものはもっと少なかっただろうな」

「ていうか、あたしらの相性がいいんじゃん？」

「だな」

「あ、待って、違くて。相性って、の、能力のね……！」

召子の声が上擦っている。

「わかってるよ」

「と、友達としての相性も、悪くないと思うけど……」

「クラスでの立ち位置とかは全然違うけどな」

「そんなの関係ないじゃん……！」

「……そうだな、ごめん。そんなの関係なしに、俺たちは友達だ」

召子の怒りは尤もなので、俺は素直に謝罪した。

「そうだよ！　……創助の魅力に気づいたのは、しおちゃんやみのりんより、あたしの方が先なんだから……」

聞かせるつもりがなかったのか、声が小さくてよく聞き取れない。

「召子？」

「なんでもない！　それより、創助は他に探したいものある？」

「うーん。水が欲しいから……海とか？」

海、という言葉に、召子の身体がビクッと震える。

「いいじゃん、海！　海行こ！」

陽の者として反応してしまったようだ。海水浴ではないのだが……いや。

「そうだな。水をとるだけじゃ味気ないし、少し遊ぶくらいはいいかもな」

「創助、話わかるー！」

一緒の探索は召子へのお詫びも兼ねているので、彼女の要望を聞いてもバチは当たるまい。

「あーでも水着ないや。砂浜でちょこっとだけ遊ぼっか」

「地球にあったのと同じとはいかないけど、亜麻布で作ろうか？　上も下も、紐で結ぶことになるけど」

「創助、天才！」

「あはは、じゃあ決定だな」

「創助も水着になってよね。あたしだけとか恥ずかしいから！」

「あ、あぁ、わかった」

「いぇーい！　海ー！」

いつものノリで会話してしまったが……これって海デート的なものになるのだろうか。

そう考えると、途端にそわそわしてしまう俺だった。

「マシロ、トップスピード！　風よりも速く海へゴー！」

「待て待てフェンリルのトップスピードって一体――うぉおおお！」

俺は振り落とされないよう召子にしがみついた。

女の子の身体の柔らかさとか、そんなことを考えている余裕などなかった。

◇

「海だー！」

マシロの全力疾走によって、すぐに砂浜に到着。

初日に俺と千癒が転移した場所でもある。

召子は飛び跳ねて喜んでいるが、俺はというと、少し考えていた。

今回は、海水だけでなく海藻や砂も持ち帰りたいのだ。

ただ、海水は樽を海に沈めてから収納すればいいだけだが、他二つはそう簡単にはいかない。

「あ、そうだ。召子、マシロって泳げるのか？」

「どうマシロ？　ふむふむ『もち！　もちもちのもち！』って言ってる」

「それを言うのはお前だけだ」

「飼い主に似たの！」

「くっ、微妙に有り得そうで否定できない」

とにかく泳げるならありがたい。

「それより創助、泳ごう！」

「ちょっと待ってくれ。先に水を回収しよう。……あ、水着を渡すから、召子はその間に着替えててもいいぞ」

「水着ー！　ビキニがいい！」

召子が制服の上を脱ぎ、Ｙシャツ姿となる。

パジャマの時に言った、サイズ測定の件を思い出したのか。

「お、おう。わかった……」

俺は亜麻布から水着を生成。召子の手許に配置する。

「さっすが創助！　でも、胸のあたりの布小さくない？　え、えろだなぁ、もう」

「あー……作り直すよ」

召子は千癒に劣らぬ巨乳なので、普通の感覚で作ると胸が収まらないのかもしれない。

「いいよいいよ。水着のお礼ってことで、創助好みのを着るよ」

「そ、そうか」

浜に衝立を配置し、召子の着替えスペースとする。

「……創助って、ほんと気が利いてるよね。こっちが頼む前に、配慮してくれるっていうか」

「いや、男なら木陰で着替えてもいいが、女性はそうはいかないだろ」

「えへへ、ありがと！」

海でテンションが上がっているのか、子供みたいに笑いながら衝立の向こうへ消える召子。

「さてマシロ、お前に頼みがある。手伝ってくれたら、召子が水着姿でお前に乗るよう流れを作ると約束しよう」

マシロは『なんでも言ってくれ！』とばかりに息を荒くした。

俺は木箱を生成し、横倒しにした状態で砂浜に設置。

洋画とかで、絵画や武器の密輸に使われてそうなやつだ。

「後ろ足で砂浜を蹴って、箱にどんどん砂を詰めてほしいんだ」

マシロは頷くと、早速砂を蹴る。

「おぉ！　スコップで掘るより断然いいな！　さすが幻獣」

その間に、俺は海に樽を落とし、海水をゲット。

それが済んだら砂浜で適当に服を脱ぎ、亜麻布製の海パンを生成して穿く。そのままではズリ落ちてくるので、紐の通し口も用意してあり、前面に垂れてる紐を結ぶことで固定するのだ。

あとは脱いだ服を収納すれば、あっという間に準備完了である。

「お待たせー」

と、そこへ召子もやってきた。

それを見て、俺は固まる。

シンプルな亜麻布白ビキニを着用した召子の、なんと魅力的なこと。

照れたように微笑む表情も相まって、心臓が止まりそうなほどに可愛かった。

「な、なんか言えよー」

「い、いや、すごく似合ってる。召子はスタイルがいいから、ビキニが映えるな」

「お、映えてる映えてる？」

「あ、あぁ」

しかし、彼女の言っていたように、確かに布が小さいかもしれない。

これではふとした拍子（ひょうし）に胸がこぼれ落ちてしまいそうだ。

「よし、じゃあ早速遊ぼ！」

「海に入る前に、準備運動な」

「真面目だ！　でも正しい！」

俺と召子が準備運動していると、それを見たマシロも自分の身体を傾けたりしている。どうやら真似（まね）しているようだ。俺としては、動く度にぽよよんっと揺れる召子の胸が気になったが、視線を向けないよう努力した。

せっかく遊びに来ているのだから、男子のエロ視線で水を差されたくないだろう。

「よっし！　創助、もういい!?」

「おぉ、行こうか」

それからしばらく、俺たちは浅瀬で遊んだ。

水をかけ合ったり、少し泳いでみたり、澄（す）んだ海なので目視で魚を探そうとしたり。

マシロとの約束を守るべく、海の中で彼の背に乗るのを提案したり。

「あー、楽し。ここ、今度みんなで来ようよ」

「いいかもなぁ。飯はここでバーベキューとかにしてみるとか」

「それさいこー！」

「じゃあ、みんなにも相談してみるか。……っと、召子は先に上がっててくれ。俺はちょっと、潜って海藻をとってこようと思う」

溺れても最悪マシロが助けてくれるので、気が楽だ。

「えっ、あたしもやるよ」

召子が当たり前のように言う。

「そっか。じゃあ、一緒にやろう」

二人で海に潜って、海藻を見つけては掴み、すぐに浮上する。

その度に俺が『インベントリ』に入れるので、荷物が増えずに済む。

途中、俺は岩に張り付いているあるものを見つけ、それも採取した。

「ぷはっ。創助、何をとったの？」

「海綿動物だ。天然のスポンジになるんだよ」

「えっ？　生き物がスポンジに……？」

「そうそう。身体を洗う時にも使えるぞ」

「あー！　いいねそれ！　『さすそう』『さすそう』！」

千癒の奴め、お前がことあるごとに言うから召子が真似し始めたじゃないか。

素材集めがあらかた済むと、二人で浜に上がる。

「ふぅ。ねえ、ちょっと休んでいかない？　マシロも疲れてるみたいだし」

マシロは俺たちを運んでは探索を手伝い、海では一緒に遊んだあと、潜る俺たちが溺れぬようずっと見守ってくれた。

帰りも頼ることを考えると、ここで少し休むのには賛成だ。

「そうするか」

俺たちが休んでいくと決めたからか、マシロは砂浜に座り、そのまますぐに寝てしまう。

俺と召子は木陰に入り、そこにゴザを敷いて並んで腰を下ろす。

「水飲むか？」

『インベントリ』から水筒を出して彼女に手渡す。

「ありがとー、ちょーだいちょーだい」

召子がごくごくと水を飲んだ。その喉の動きがやけに目に付く。

「ぷはぁ。染みるね……！」

俺も水を飲む。渇いた喉が潤う感覚は、とても心地よい。

「だな。こういう時は水がいいけど、そろそろ味付きの飲み物も欲しいよ」

「うっわ、わかるわかる」

そういえば羊乳があったか。

「果物が見つかれば、ジュースは作れそうだけどな」

「コーヒー豆とか、島にあるのかなー」

「なんか、誰でも知ってそうなものは、初期配置されてないイメージがあるんだよなぁ」

基礎知識なんて時代や地域によって変わるものではあるのだが。

「それ思った！　アケビとか馴染みないし。リンゴとか生ってればわかりやすいのにさー」

「ほんとにな」

おそらくだが、それじゃあ観察しても面白(おもしろ)くないから、なんて理由だったりして。

謎黒板の考えていることはわからないが。

そこで会話が途切れ、しばらく二人で海を眺める。

さぁ、ささぁ、と波が押し寄せては引いていく、その繰り返しを眺めるだけでも退屈しない。

「……そ、創助、さ」

「ん？」

「今日はあんま、胸の方見てこなかったね」

「……あー、せっかく楽しんでるところを、邪魔したくなかったしな」

「そっか。じゃあ……興味なくなったわけじゃないんだ」

「召子にエロ男子だとバレるくらい、チラ見してた胸だぞ。いまだ興味津々(しんしん)だ」

これは冗談の流れなのだと思い、言ってみたのだが。

「じゃあ……見て、いいよ」

……どうやら、そういう空気ではないようだ。

「いい、のか？」

「うん」

彼女に視線を向ける。

暴力的なまでの巨乳が、小さな布切れに覆(おお)われているだけで、俺の目に晒されていた。

水を吸った生地、水滴を弾く若々しい肌、身じろぎするだけでもぽよっと揺れる胸。

「そ、創助……なんか、海パン膨らんでるんだけど」

召子は顔を赤くしており、その視線が俺の股間に向いていた。

「ご、ごめん」

「あ、あたしで、そうなったんだ」

「いや、すまん……」

「謝んなくていいし。そ、それよりさ……」

召子が水気を帯びた瞳で、俺を見つめた。

「し、してほしかったりする？」

俺はごくり、と唾を呑み。

「……あぁ」

俺が頷くと、召子は安心したような、嬉しそうな、恥ずかしそうな、様々な感情が綯い交ぜになった表情を浮かべ、唇を開く。

「いいよ」

気づけば、召子の顔が間近に迫っていた。

潤んだ瞳に映る俺の顔さえ見えそうな距離。

「創助、ちゅーしよ」

断れるわけもなく、俺は召子と唇を重ねる。唇同士が触れ合い、離れた。

「やば……しちゃったね」

斜め下に視線を向けながら赤面する召子の可愛さに、俺は思わずもう一度キスをしてしまう。

「んっ……ふふ……んー、ちゅっ、ちゅっ」

召子は一瞬驚いたようだが、すぐに微笑んでついばむようなキスを返してきた。

やがて互いに抱き合いながら、夢中で唇を重ね合っていたのだが。

「そ、創助。下、やばいことになってるよ」

今朝風呂場で千癒に二回もしてもらったが、そのあとで『初級治癒』をかけられているので、股間はすっかり回復していた。それもあって、この元気である。

「ぬ、脱がせてあげる」

召子がそう言って海パンの紐に手をかけるのだが……。

「んっ、くっ……ちょっと創助、結び目固い……」

「あ、あぁすまん」

代わってもらうが、自分でも上手くほどけない。面倒なので、そのまま収納することにした。

「きゃっ……！」

召子がそれを見て甲高い声を上げる。

「悪い、驚かせちゃったか」

「べ、別に。元々、脱がせるつもりだったし」

召子は両手で顔を覆いつつ、指の隙間から俺のあれを凝視している。

「そ、創助の、でっかくない……？」

「いや……どうだろうな」

「ぎ、ギンギンだし……」

「そ、それは召子が可愛いからで……」

そう言って、召子が俺の後ろに回る。

「創助、膝立ちになって」

「え、あ、あぁ」

背後から聞こえるシュルシュルという音に気を取られつつ、言われた通りにする。

膝立ちになった直後、背中に幸せが押しつけられた。

――こ、これは、生乳！

水着の上を外して、俺の背中に直接当てているようだ。

「創助、おっぱい大好きって聞いたけど、直接見せるの、まだちょっと、恥ずかしくて」

「あ、あぁ。その、これも、めちゃくちゃ、嬉しいよ」

二つの球体には幸福が詰まっているようだ。柔らかく、温かく、心地いい。

「は、恥ずっ。でも、よかった。えと、じゃあ、始めんね」

「あぁ、頼む」

召子の長い指が、棒に絡まる。

「うわぁ……これ、かったぁ……。しかも、超熱いし……」

そしてシュッシュッシュッと、動き出した。

「くっ、召子……」

「きもち？」

「あぁ……。なんか、すごく上手くないか？」

「言っとくけど、こういうことすんの創助がハジメテだから」

心外だ、とばかりに召子が言う。

「そ、そういう意味じゃ……」

「しおちゃんに、創助好みの加減を教えてもらったの。お風呂で手頃な木の棒とか使って、実演されてさ」

女子同士の秘密の会議では、俺の性癖や好みのプレイが共有されてしまうようだ。だがそれによって、召子との初めてでもこんな快楽を得られているのだから、文句は言えない。

シュッシシュッ、シュッシュッシュッ、シュッシシュッシュッ……。

与えられる快楽は順調に蓄積(ちくせき)していき、急速に放出の時が近づいてくる。

「ん、先っぽから、なんか垂れてきた。きもちいーってことだよね、これ」

「あぁっ、めちゃくちゃ気持ちいい」

「はは、息荒っ。ちょっと、うれしーかも」

召子は右手で俺のを擦っているのだが、左手は胸のあたりに寄せられていた。密着度が先程よりも高まり、背中で彼女の双丘がむにゅうっと形を変えているのが伝わってくる。

「ね、ねぇ創助。男子ってさ、自分でスるの『シコる』っていうじゃん」

「あ、あぁ、それが……？」

「あれ、どこからきてんの？」

「え？　えーと、長いものを擦ったりするのを『扱く』って言うから、そこからきてるとか？　そ、それかっ、擬音だな。擦る時の音、シコシコって書かれたりするから」

「そうなの？　でも、シコシコなんて音、しないよね」

「そういうものなんだっ」

巨乳だったり腿の太い女の子が歩いても音はしないが、『たゆんっ』とか『むちむちぃっ』とかの擬音は書かれていいし、むしろ書かれたほうが嬉しいのだ。

「ふぅん。……じゃ、じゃあさ、言ってみようか——シコシコ、シコシコ、的な」

「ぐっ……！」

なんて天然ギャルだ。

えっちなコンテンツの知識がないままに、男が喜ぶフレーズを発するとは。

「わわっビクッってした……な、なんかさっきより大きくなってない？　え？　そ、そんなに興奮した？」

「……召子さえよければ、また言ってほしい」

自分の言葉で俺が興奮したと知ったからか、召子がぶるりと震える。

「あはっ。いいよ、創助。いっぱいシコシコしてあげる」

彼女の手の動きに合わせて「シコシコ」という言葉が鼓膜を揺らす。

「シコシコ、シコシコっ、シコシコ～っ。どう創助、きもち？　うれし？」

「召子、そろそろやばいっ」

「いいよっ。出る時まで言ったげる。あと創助……」

召子が左手を離したかと思うと、何かを俺の前に差し出した。

ビキニの上だった。

「おっぱいに出されるの、まだ恥ずいから……せめてこれにって……嫌？」

先程まで彼女の胸を守っていたカップが、俺の視界に映る。

マンガだったら湯気が立っていて、『ほかほか』と擬音が描かれていることだろう。

俺の興奮は最高潮に達していた。

「嫌じゃない、召子、そろそろっ」

「うん。いいよ、シコシコ、シコシコ、シコシコっ。出して創助、シコシコ、シコシコ——あっ」

鼓膜から脳髄を侵す召子の声と、俺のツボを心得た刺激に、ついに発射の時が訪れる。

迸った白濁液は周辺にも飛び散るが、その大半は召子のビキニのカップに集中し、液溜まりを作っていく。

「すっご。あ、そだ。びゅー、びゅー、びゅー、最後の一滴まで、あたしのにかけて。びゅ～

〜〜〜〜」

これは千癒にならったのだろう。みんながみんな、俺の性癖に合わせてくれるのは、恥ずかしさ以上にとんでもない贅沢感があって、脳が溶けそうなほどに興奮してしまう。

「はぁ……はぁ……はぁ……」

「めっちゃ出てる……こんなに出るんだ」

「召子にしてもらって、興奮したからだよ……」

自分でやってる時に、こんなバカみたいな量は出なかった。

量が増えたのは、無人島に来て、美少女たちが処理してくれるようになってからだ。

「そ、そうなんだ……ていうか、さ。まだ硬いんだけど？」

「興奮が収まらなくて……」

「あ、あたしがそんだけ魅力的ってこと？　しおちゃんみたいに、胸に直接出せるわけじゃないのに、おっきくなっちゃったんだ」

召子は気づいていないようだが、白濁液を出す場所に自分の服を差し出すというのは、だいぶ倒錯的な行為だと思う。

「あ、あぁ。召子、もし嫌じゃなければ……」

「ねぇ、そういうのじゃなくてさ。普通に頼んでよ」

「召子、頼む。もう一回……扱いてくれ」

「ふふ、おっけー。何度でもシコシコしたげる。一回目は右に出したから、次は左に出す？」

ビキニのカップは、左右の二つ存在する。

……こいつはまた、無意識に興奮を煽るようなことを言って。ならば仕返しだ。

「あぁ、召子の水着にかけたい」

「～～～っ。え、えろえろだなぁ、創助は、ほんと。でも――」

召子が、白濁液で汚れたままの右手を厭うことなく、そのまま再び棒に絡ませてくる。

「あたしも、そうかも」

「創助は、さ。あたしたちが話すようになったきっかけ、覚えてる？」

海からの帰り道。マシロの背に乗った状態で、召子が言う。

俺は記憶を掘り起こしながら答える。

「……確か、同じクラスになってすぐの頃だよな。交流会をやろうってことになって」

「そうそう」

「まぁ、俺たちは結局参加しなかったけど」

場所がカラオケとかで、そもそも千癒は不参加だった。

幼馴染みは歌うのがあまり好きではない。俺も得意ではないが、誘われたのを断るのも無粋かと思い、最初くらいは参加しようとしていたのだったか。

「だね。あの子、鍵が見つかってよかった」

交流会の会場となったカラオケ店へ向かう途中、俺たちは泣き顔を浮かべて植え込みの側に屈んでいる小学生の少年を発見。

見かねて声をかけると、帰り道で家の鍵を落としてしまったという。親は働いており、このままでは家の中に入れないと鍵を捜していたが、見つからず途方に暮れていたようだ。

そこで、俺は鍵捜しを手伝うことにした。その時、召子も手伝ってくれたのだ。

「結局夕方までかかったけどな」

落とし物あるあるだと思うのだが、『落とした』からと地面ばかり捜していると見つからず、ふと顔を上げた時、フェンスやらの高いところに引っ掛けてあることがある。

これは落とし物を見つけた通行人が、放置するには忍びないという親切心からやってくれたのだと思うが、落とし主はなかなかこれに気づけない。

「あたしね、あの時から、創助のこと……い、いい奴だなーって思ってた」

「俺も、召子のこと、優しいギャルだなと思ったぞ」

召子は「なにそれ」と小さく笑ってから、続ける。

「あの時ね、クラスの他の子たちが言ってたこと聞こえた?」

「え?　いや、覚えてないけど」

「『かわいそー』とか『俺もガキの頃落としたわー』とかリアクションする子はいたけど、大半は見もしなかった。反応した子も、そのあとは『カラオケまであとどれくらい？』だとか

『何を歌おうかな』とか、話題を一瞬で切り替えててさ」

「今の時代、そっちが普通かもな。善意で声をかけた人が、不審者扱いされることもあるし」

そもそも『知らない人に話しかけられても無視しろ』みたいに教えられて育った世代が、成長した時に困っている子供を見つけたとして、声をかけるのは難しい気もする。

子供視点からは自分こそが『知らない人』に相当するのだと、過去の教えからわかるからだ。

「そうじゃないよ、創助。みんな『面倒くさかった』んだよ。今後のクラスでの立ち位置や所属するグループが決まるかもしれない、そんな交流会の方が大事だっただけ」

「……」

「でも創助は、迷わず手伝ってあげてた。『絶対見つかる』って子供を励まして、制服が汚れるのも構わず地面に膝をついて捜し始めてさ」

「……ヒーローになる気はないけど、さすがに目の前で困ってる人には手を貸したいからな。それに、召子も手伝ってくれたろ？」

先程も言ったが、これは彼女と俺が話すようになったきっかけでもあるのだ。

「覚えてないの？　あたしは、少し遅れたんだよ。さっき、他のクラスの子を責めるみたいな言い方したけど、あたしも大して変わんないの。だって、一瞬迷った」

「迷った？」

「うん。きっと無意識に空気を読もうとしたんだろうね。『みんなで楽しく』を壊さないようにって。子供を助けて白けるような空気なら、壊したって気にする必要ないのにね」

「うーん……人それぞれじゃないか？　青春に全力投球って奴もいるだろうし。俺はそういうのを期待してないから、やりたいようにやってるだけで……」

クラスメイトを庇うというより、当たり前のことをして褒められるむず痒さから、俺は言う。

「当たり前のように人に優しくできる青春の方が、絶対いいよ」

そう言われては、これ以上否定するのも躊躇われた。

「……それで、あれ以降も話しかけてくれたのか」

召子は『オタクに優しいギャル』なのではなく、『みんなに優しいギャル』なのでもなく。ただ、あの件で俺を気に入ってくれた、一人の女の子だったのだ。

「うん。創助が、こんなえろえろだとは思わなかったけど」

「う」と声に詰まる俺の反応に吹き出してから、召子は優しい声でこう続けた。

「でも、思った通りの優しい人だった」

「召子……」

「あ、あとさ。ハンカチあるじゃん」

「ハンカチ……って、召子が俺を見つけるのに使ったアレか？」

転移時の初期装備は、前日の帰宅時の格好と推定されている。女性陣の下着、俺のインナーの他、召子がその日に俺から借りたハンカチなどがついてきたのが証拠だ。

そして、『俺のハンカチ』と『フェンリルの嗅覚』を組み合わせたことで、召子は初日で俺を見つけ出すことができた。

「それね。洗うの忘れてたんじゃなくて……その、わざとなんだ」

「ん？　どういうことだ？」

「そっ、創助に貸してもらったのが嬉しかったのと……その、一日二日くらいは、話しかけるネタになるかなって」

『ごめん、借りてたハンカチ持ってくるの忘れた』『あぁ、あれか。いつでもいいさ』みたいな会話を、きっとするつもりだったのだろう。

「召子でも、そういうことを考えるんだな」

「き、気になる奴に話しかけるきっかけって、ムズいんだぞ……!?」

召子が拗ねたように言うので、俺は慌てて謝る。

「いや、そうだよな。わかるよ」

「ほんとかよー」

あまり親しくない者に声をかけるのは緊張するし、クラス内にあるグループやランクなんかの違いも、なかなか飛び越えがたいものだ。思えば召子は、そういうものを何度も無視して、俺に話しかけてきてくれた。その勇気を思うと、今になって胸にこみ上げてくるものがあった。

「ほんとだよ。地球に戻れたら、俺の方からも話しかけるようにするからさ」

「……絶対ね？」

彼女の声が、期待に上擦っている。

「もち。もちもちのもち」

召子がたまに言うセリフを真似てみた。

「ぷっ。あははは。いいね、流行(はや)らせていこう……！」

どうかなぁと思うが、まぁ召子が笑っているのだからいいか。

マシロが減速し、やがて我が家が見えてきた。

「ありがとな、マシロ。そうだ、家に帰ったらフェンリル小屋を作るからな」

マシロが嬉しそうに鳴く。そして石垣を飛び越え、我らが拠点に到着。

彼が座ってくれるのを見計らって、召子と共に降りる。

「召子は、みんなが帰ってきてるか確認してきてくれないか？」

「おけ！」と、召子が玄関に向かおうとしたところで、中から誰かが出てくる。

白銀の髪に青の瞳をした幼馴染み、千癒だった。

「おかえりの『初級治癒(ヒール)』」

白い光が俺たちを包む。疲労感が消えていき大変ありがたい。

が、これによって、また精力も回復したのだろう。

「ただいま千癒っち」

「ただいま。千癒たちの方が戻るの早かったんだな」

「ん。二人が帰ってきたから、しおちゃんにステーキ焼き始めてもらうけど、いい？」

「やたー！」

「マシロの家を作ったら、すぐ行くよ」

千癒が頷いて家の中に戻っていく。

「あ、千癒っちに会ったし、あたしはここで見てていい？」

「ああ」

フェンリル小屋は召子の部屋から見える位置がいい、とのことで少し移動。

家を生成し、配置する。突如として、目の前に木造屋根で石造りの建造物が出現。

入口は犬小屋らしく大きく開いているが、パッと見は倉庫にも思える重厚さだ。

「おぉ～。あたしたちの家とは違うね？」

「基礎を作らずに建ててるのは同じだよ。ただ、俺たちの家の方式で作ると、マシロの場合、床が抜けるかもしれないだろ？」

「確かに！」

石造りの壁がそれ単体で自立しているところに、木造の屋根を乗っける形だ。

「マシロが気に入るといいが……」

「マシロー！　お家できたよー！」

召子に呼ばれて、マシロが寄ってくる。白いもふもふの毛が眩しい、幻の巨狼だ。

彼はそのままフェンリル小屋に入ると、すとんと座り込んで満足げに鳴いた。

「気に入ったって！」

「そりゃよかった」

と、二人で笑い合っていると――いい匂いがしてきた。

「くんくん。これは——肉の匂い！」

今朝の出発前に肉は調理場に置いておいたので、俺が出すまでもなく調理できたのだろう。

「いい匂いだな」

俺と召子は家の中へ向かう。リビングに行くと、食卓に料理を並べているところだった。

「あ、二人共おかえり。お昼は、約束通りステーキだよー」

髪を結んだ詩音が、皿を運びながら迎えてくれた。千癒と深法も運ぶのを手伝っている。

「おかえりなさい。マシロさんのお家はできた？」

そのあたりも千癒から伝わっているようだ。

「あぁ、喜んでくれたよ」

「お腹空いたー！　美味しそー！　食べよ食べよ」

みんなで席につき「いただきます」をしてから食事をとる。

昼の献立はイノシシ肉のステーキに、キノコと香草のスープ。石のナイフとフォークで頂く。

「美味いな……！」

分厚い肉の噛みごたえと、弾ける肉汁が素晴らしい。

「うまうま！」

「ふふ、ありがとう。でも、これ以上となると他の材料も必要になってくるかな」

「ん。調味料がほしい。ひとまず、塩以外のさしすせそ」

さしすせそって……えぇと、砂糖、塩、酢、醤油、味噌だったか。

うぅむ、言われてみると確かにほしい。

「あとはお野菜と主食かしら。私たちも周辺を探索したけれど、日本で普段料理に使われているような野菜などは発見できなかったのよね。稲や麦の類いなんかも見つかると嬉しいのだけど」

「召子とも少し話したけど、俺たちが普段の生活で頻繁に利用してたものとか、誰でも知っているようなものは、配置されない傾向にあるんじゃないかなと」

俺の言葉に、深法が頷く。

「夢では、二択を迫られて、その内の片方が『アップデート』として増える仕組みよね。だから工野くんの言う通り、私たちがよく知っている、簡単に利用できる、つまり『この無人島で欲しがる』ものは、二択に利用するために初期配置を避けた、というのは考えられそうだわ」

「常に私たちを試しているみたいな感じだね。無人島に何を持っていくかの質問だって、能力系もありなのにそれは教えてくれなかったり」

「ん。この島にも、食用になるものはそこそこあるけど、知識のある人とか、そうくんみたいな能力がないと、そもそも判断がつかなかったり」

「いやほんと、創助と会えなかったら辛すぎるサバイバルになってたよ」

やがて話題は、昨日の夢へと移った。

どうやら、千癒と詩音と深法の三人は、探索中に既に色々話をしていたようだ。

「これは、プレイヤー同士の争いを抑止するためのものでしょうね」

深法の言葉に俺は頷く。

『死亡ペナルティ』は気をつけるかないとして、誰かを殺したり自死した場合に課されるマイナスポイントは、『1825』。もし獲得ポイントトゼロの状態で島から脱出することになった時、その数字が引かれ——帰還後に五年も昏睡することになる。

残りの青春が消える衝撃はかなりのものだ。これはかなりの抑止になるだろう。

「それと、この無人島生活に前向きにさせる意図もあるだろうな」

元の世界に戻れるというだけではなく、特典を用意してきたことからも窺える。

『生存ボーナス』による寿命の追加だけでなく、獲得ポイントによるボーナス、この島での記憶を地球に帰還後も引き継げる、この島での能力を地球に帰還後も引き継げるなど、盛り沢山。

「うん。あたし、マシロを連れて帰れるなら頑張ろってやる気出たもん。いや、元々あったけどね？」

「その話も信じがたいのよね……。幻獣が現代日本に現れたら、とんでもないパニックになるでしょうに……」

深法は謎黒板の提示した報酬に懐疑的なようだ。

「うーん……。不思議な力が現代社会にも存在する、って物語でよくあるのは、周囲の人間の認識をいじる術とか装置だな」

「ん、定番。フェンリルを『犬』と認識したり、そうくんのクラフトを『DIY』と認識したり、そういうふうに周りの認識を書き換えられるなら、能力保持は可能？」

詩音の看破は『観察能力が優れている』、千癒ならば『医療の心得がある』と誤魔化せるかもしれない。

深法の魔法は難しい気もするが……要するに能力に『辻褄合わせ機能』を付与するわけだ。

謎黒板ならそれくらいできそうではあるが、果たしてどうなるか……。

「な、なるほど。島への転移や特殊能力を思えば、それくらい起きても驚きはしないわね」

俺と千癒の仮説に、深法が感心したように頷く。

「私はどちらかというと、この島の記憶を引き継げる方が嬉しいな。むしろ、普通に脱出する時は失うんだって、怖くなったくらいで……」

詩音が不安そうに言う。

確かに、この島での出来事を忘れても、俺と千癒は幼馴染み同士で、召子は元々友人だった。だが詩音と親しくなれたのは、この状況があったからだ。

それを忘れてしまうというのは、俺も嫌だった。

「私も、詩音さんと同じ思いよ。『特定の条件』というのが何かはわからないけれど、それを満たした上で脱出したいわ」

「あとさ、できればみんなで一緒に脱出したいよね」

召子の言葉に、全員が同時に頷いた。

「じゃあ、俺たちの当面の目標は『全員で一緒の脱出』。そして『記憶保持』と『能力保持』も狙っていく、って感じだな」

このあたり、謎黒板の狙い通りにいっている感じが癪ではあるが、仕方がない。

単に無人島に放り込まれれば理不尽への怒りが勝るが。

寿命が伸びたり、他の特典が狙えたりするとわかれば、それが『苦労』への『報酬』として機能し、怒りが薄れることもある。

最初はすぐに帰りたいと思った者でも、頑張れば能力を地球に持ち帰れると知れば、もう少し頑張ろうと考えたり。

「ふぃ～。ごちそうさま、しおちゃん」

食事が済み、各々が料理長の詩音に「ごちそうさま」と告げる。

「ふふ、はい、お粗末様」

食器の片付けは、俺が収納して綺麗にし、あとで調理場に再配置すれば済むので楽だ。

というかこの能力だけでも、地球に持ち帰れたら超便利だよな……。

「深法。午後は魔法練習の予定だけど、その前に両チームの探索成果を見せ合わないか？」

「ええ、そうしましょう」

「そうしよそうしよ！　うちのチームはマシロのおかげで大量だぜ～。ね、創助！」

「あぁ、香り付き石鹸も作れるぞ」

海以外ではその材料を主に採取して回った。

俺の言葉に女性陣が喜ぶ。

匂いの分類は色々あるらしいのだが、いわゆる『シトラスの香り』なら柑橘系、『フローラ

ル な香り』なら花と、わかりやすいものを教えてもらい、マシロの嗅覚を頼りに探索した。

「ええと、フローラル系は『ゼラニウム』で、シトラス系は『レモングラス』、ハーブ系は『カモミール』だな。一旦これで試してもらって、各系統でもっと匂いがいいものとかがあったら、また探そう」

テーブルに並んだ採取物を見て、女性陣がテーブルに顔を寄せる。

「すごいね……！　レモングラスとカモミールはハーブティーにもできるし、楽しみ」

詩音が手を叩いて喜ぶ。

あとは砂、海水、海藻、少量の貝殻と海綿動物だ。この無人島の砂と、一部の海綿動物から『珪砂』がとれると判明。これでガラスも作れるだろう。

海綿動物からは、天然のスポンジも生成可能。

徐々に生活が潤っていく感じが、やはり楽しい。

「私たちの方は、工野くんの能力で食用とわかったキノコ類や、木の実、香草などを採集していたのだけど、発見が三つあって」

「えっ、三つも!?」

召子が驚いている。

深法が千癒に視線を向けた。千癒が頷いて口を開く。

「一つは、水場を発見したこと」

幼馴染みの説明によると、徒歩圏内に湖が出現したという。

そしてそれは、昨日まではなかったものなのだとか。

「あぁ、『水場』の追加か」

「ん。やっぱり謎黒板、実際に環境を変えてる」

『肉』の配置に関しては、ギリギリ獣を放したという解釈もできるが……。

環境を変化させたのなら、もう本物だろう。あくまで現状は、という注釈つきではあるが、謎黒板は嘘をついていない、という取り方もできる。

「水に関して、足りなくなる度に創助くんに海に行ってもらう必要はなくなったかな」

詩音の言葉に頷く。

「確かに、それだけでも楽になるな」

「二つ目は……これなんだけど」

詩音がカゴから取り出したのは――ブドウだった。

「えっ!?　ブドウ!?」

召子も目を見開く。

しかしどうにも粒が小さいように見える。

『アイテム化』すると――『ヤマブドウ』と出た。

「『ヤマブドウ』らしい」

「つまり食べれる？」

「一応『食用可』とは出てるが――」

「やたー！　はむっ――酸っぱ……ッ!?」

あまりに酸っぱかったのか、召子が窓に向かって駆け出し、外に口の中のものを吐き出す。

そんな召子の様子を、詩音が苦笑しながら、深法が困ったような顔で見ていた。

千癒はいつもの無表情である。

「やっぱりな……。生食できるのと、人間が生で食って美味しいのは別だもんな……」

「うー……言ってよ」

「えっとね、これは深法ちゃんに教えてもらったんだけど。もしヤマブドウなら、ジャムやジュースやドライフルーツにできる他――ワインも作れるんだって」

貴重な甘味、飲み物などが手に入るのは嬉しい。

だが詩音の言い方的に、最重要なのはワインなのだろう。

「え、しーちゃんワイン飲むの？」

「ふふ、お酒は飲んだことないよ」

「――あ。そうか、酢とアルコールがとれるのか？」

「そうなの……！」

塩しか持っていなかった料理のさしすせそだが、これで酢もゲットできることになる。

「いいな。早めに色々生成しとくよ」

俺としても、料理の幅が増えるのはとても嬉しい。

「最後の三つ目だけど――これを『アイテム化』してもらってもいいかしら？」

そう言って深法がテーブルの上に置いたのは、葉の生い茂った、短めの――大根のようなものだった。

「大根？　いや待って、今度もなんか違うんでしょ。大根とか有名過ぎて、生えてなさそうだし！」

ヤマブドウで学んだ召子が警戒している。

『アイテム化』すると――。

「『テンサイ』？」

「え？　天才って大げさだなぁ創助。ま、まぁ失敗から学ぶのは偉いよね。もっと褒めてもいいけど」

「あ、いやそうじゃなくて。これの名前だ」

「えっ」

「やっぱり……！　じゃあそれ、サトウダイコンなのね！」

彼女的には予想が的中したのだろう、嬉しそうに深法が大声を上げた。

そう言われて、俺もピンとくる。

「じゃあこれから――砂糖がとれるのか！」

それならばテンションが上がるのも頷けた。日本ではコンビニでも買えたが、この無人島においては砂糖は喉から手が出るほどに欲しい品だ。

肉は食えるようになったし、キノコは主食レベルで食っているが。

味付けはささやかなダシを除けば、基本塩ばかり。

そこについに、甘味の王様砂糖がやってきたのだ。

「三日目にして、お菓子やスイーツへの道が開ける……？」

無表情の千癒でさえ、そわそわしている。

「こうなると……小麦が欲しくなってくるな……」

「そこに卵を足せば……ホットケーキが作れる」

千癒がじゅるり、と声に出す。

羊乳、水、砂糖、バターは持っているか、すぐに生成可能。

あとは小麦粉と卵があれば、ホットケーキは作れそうだ。

「小麦とかは、アンケート待ちになっちゃうのかな……。パンやクッキーも作りたいし、パン粉が手に入れば……イノシシのトンカツも作れるのにな」

「トンカツ！」

トンカツに男子並みの反応を示したのは召子であった。

「アンケートの場合『麦／稲』みたいになりそうで不安なんだよな」

「ありそうね……。小麦かお米か……とても悩ましいわ」

どっちも欲しいので、二択を迫られたくはない。

だからこそ二択にしてきそうなのだが。

選ばれなかったものは、あとで再び別の二択に出てくるのだろうか。

それとも出てこないのだろうか。

「いやぁ、三人の発見もだいぶすごかったね」

召子が感心したように繰り返し頷く。

「そうだな。ヤマブドウもサトウダイコンも、もっと欲しいな」

「あ、それならマシロくんの力を借りて、午後の探索に行ってもいいかな？」

料理に使えそうだからか、詩音が乗り気だ。

「もち！」

「発見できたのは嬉しいけれど、工野くんの力がなければ気にする余裕はなかったわ」

「ん。普通は今食べられるものが欲しい。ヤマブドウからお酢をとろうなんて考えない。そうくんのおかげで、わたしたちは心の余裕を持って行動できる」

「知らないと食えなかったり、有用だけど一手間必要なものが配置されているのは、謎黒板に何か狙いがあるのかもな」

召子とも少し話したが、リンゴが生(な)っているだけでもだいぶ話は違うはずだ。

だがそういう『わかりやすい』ものは配置されていない。そうなると、知識を持った者か、俺のような能力を持った者以外は、覚悟を決めて口に入れるか、我慢(がまん)するしかない。

そんな様々な反応を観察するのも、謎黒板の目的なのかもしれない。

深法などは『インベントリ』に収めるまでもなくサトウダイコンにあたりをつけていたようなので、彼女のような人間ならば、コツさえ摑めば一人でも生きていけそうではある。

だが、女子高生が経験するには過酷なサバイバル生活であることは変わらないだろう。

「つまり……『さすそう』ってこと？」

召子が再びそれを口にした。

「『さすがです、そうくん』」

千癒がすかさず乗っかる。

「『さすがだね、創助くん』」

詩音も便乗した。彼女は意外とノリがいい。

こうなると、可哀想なことに深法に注目が集まってしまう。

気にしないでくれと声をかけようとしたのだが――。

彼女は視線を泳がせ、顔を赤くしつつも、唇を開いた。

「さ、ささっ、さっ『さすがね、工野くん』」

三人から「おぉ～」という声が漏れる。深法なりに、馴染もうと努力しているのだろう。

ここは茶化すべきではないと判断。

「ありがとう。でも、みんながいないと、俺もこんな生活はできてないよ。これからも力を貸してくれ」

俺の言葉に、四人がそれぞれ頷きを返してくれるのだった。

『ヤマブドウ』から『酢』や『アルコール』を生成することに成功。

『テンサイ』から『砂糖』を生成することに成功。

　また、念願の『ガラス』も生成可能となった。

『昆布などの植物の灰』から『炭酸ナトリウム』を、『貝殻』から『炭酸カルシウム』を、『砂』や一部の海綿動物』から『珪砂』を生成し、それらを組み合わせたのだ。

　ひとまず『酢』と『砂糖』はガラス瓶(びん)に入れ、詩音に渡しておいた。

「ふぉぉお……っ！　ありがとう創助くん！」といつになく目を輝かせて受け取った詩音だが、料理担当としてよっぽど調味料の不足に困っていたのかもしれない。もしくは砂糖の魔力か。

　窓ガラスなどに関しては、またあとでもいいだろう。

　約束通り、ポニテ委員長の深法との魔法鍛錬(たんれん)の時間だ。

「そうだ、深法。魔法の練習も兼ねて、お湯を大量に作ってもらいたいんだが、いいか？」

「ええ、お風呂用よね。もちろん協力するわ」

　他の三人はマシロの背に乗って探索に出かけたので、今は周りを気にする必要もない。

　少し離れた場所に石製の風呂を配置し、水を大量に注ぐ。

　これに対し、深法が『火球(ファイアボール)』でお湯を沸かしていく。

　沸いたら石風呂ごと収納し、石風呂のみを再配置。

　水を注いで『火球(ファイアボール)』を……というのを繰り返す。

　撃つごとに距離を開けて、魔法精度と飛距離を高める鍛錬も兼ねる。

「おぉ。止まってる的(まと)だと、ほとんど外さないな」

「ありがとう。でも、毎回お風呂の中心を狙っているのだけど、まだブレがあるわ」

「そういう細かい調整は、やっぱり数をこなさないと身につかないか」

「ええ。だから魔法が必要な機会があったら、いつでも声をかけてくれると嬉しい」

「そうするよ」

「あと……その内、動く対象……狩りにも付き合ってほしいのだけど……」

深法がもじもじした様子で言う。

「リベンジだな。イノシシ肉がまだまだ残ってるから……ヤギとかシカとか？　でも牛肉も食べたいなぁ」

「牛は家畜化された種だから、野生個体として森に出現するのは通常だと考えづらいけれど……この島ならなんでもありでしょうね」

「とにかく、狩りに行くのは賛成だ」

深法自身が動く的に魔法を当てられるようになれば、武力としての頼もしさが上がる。

あまり考えたくはないが、謎黒板に魔物との戦いを強いられたり、転移者同士の戦いが勃発する可能性だってあるのだ。その時のために、戦闘能力があるに越したことはない。

大量のお湯を沸かしたあとは、少し移動して木の伐採に移る。

「そうだ、工野くん。集中力維持のため、何か話しかけてもらってもいいかしら」

「おっ、その練習法はいいかもな」

実際の戦闘は、練習時のように落ち着いた状況とは限らない。

練習時点から騒がしさや、集中を乱す要素に慣れるのは名案に思えた。

「じゃあ、そうだなぁ。あ、今日は海に出たんだが、海水から『にがり』が作れたよ」

深法が『風刃(ウィンドカッター)』を放ち、やや距離の離れた場所で木が倒れる。

「そう。やはり、工野くんの認識が、『アイテム化されるもの』に関(かか)わっているようね」

「ああ。よく考えれば、木が一律で『木材』表記だったりで気づくべきだったんだが……」

俺のやってたゲームだと普通のことだったので、意識するのが遅れた。

いや、『にがり』がとれないこと自体は、初日に千癒に指摘(してき)されていたのだが。

それをアイテム化する方法があると知れたのは、深法がきっかけなのだ。

羊毛を刈(か)り取った時は見つからなかった『羊の蠟(ラノリン)』が、深法と話してから探してみると『インベントリ』に入っていた、ということがあった。

「そう。量はどうだった？」

「だいぶ膨大(ぼうだい)な量だったから、これは初日の分もあるな」

予想通り、『インベントリ』は収納アイテム全表示ではなく、俺が理解できる形、俺が能力を使用しやすい形での表示をしているのだろう。

「そう。貴方(あなた)の能力にはまだまだ拡張性があるようね」

「拡張性？」

「木だって全てが建材に適しているわけではないでしょうに、貴方の能力ではどの木も『木材』として家の生成に使用可能な点を見ると……『アイテム化』というのが、特別な機能を有しているのかもしれないわ」

「あ、なるほど」

俺の『クラフト能力』はゲームから着想を得たものだ。

ゲームにもよるだろうが、俺のやってたものは木の採取場所が決まっていて、切った木は『粗末な木材』『普通の木材』『高級な木材』というランクこそ分けられていたものの、その範囲内で色んな道具や建築に使用することができた。

そんな俺のイメージから構築されているから、インベントリとは単なる『収納』ではなく、『アイテム化』という特殊処理が施されるのかもしれない。

となると、俺が思っていた以上のチート能力と言えるだろう。

俺のイメージ次第で、ふわっと『木材』のように万能に使えたり。

知識があれば、海水を構成する要素を綺麗に選り分けたりもできるというのだから。

「深法は賢いな」

「……勉強しか取り柄がないだけよ」

「そんなことないだろ。委員長として頑張ってるし、責任感も向上心も協調性だってある」

「や、やめて。魔法がブレてしまうわ」

深法が照れているので、俺は鍛錬にかこつけて言葉を続ける。

「いや、褒め殺しにされても集中が乱れないようにしないとな。深法は知識をひけらかすんじゃなく、人の知らない部分を補うように色々教えてくれるし、とても助かってるよ」

「く、工野くんだって、このような状況なのに日本にいた頃と変わらず優しいわ。そんなすごい能力を持っていたら、人が変わったっておかしくないのに……」

　マンガとかでよくある、力を手にしたり金持ちになったりして増長する奴……みたいな？

　いや、深法はこの島で二人組の男子に遭遇し、下卑た視線を向けられたのだったか。

「小心者なだけかもよ」

「逆よ。一時的な成功や周辺環境の変化で気が大きくなるような者こそが、心の小さな者なの。貴方のように、どんな時も平時と変わらぬ精神を貫ける人は……心の強い人よ」

　照れさせるつもりが、逆にこちらが照れてしまう。

「あはは、ありがとう」

「いいえ、こちらこそありがとう。他の三人と違って、自分が可愛くない人間だとはわかっているのだけど、貴方はそれを感じさせないよう振る舞ってくれて、とても感謝しているの」

「ん？　いやいや、深法が他の三人に劣ってるなんて、思ったことないぞ」

「嘘。クラスで色々と言われているのを聞いたことあるもの。『可愛くない』『鬱陶しい』『説教臭い』『目つきが悪い』とか、他にも沢山……」

　真面目な深法は、心ない悪口を真に受けてしまったのか……。

　いや、高校だけでなく、もっと前から言われ続けてきたことなのかもしれない。

　だとすれば、積み重なった他者の言葉が、自己評価に影響を及ぼすのも無理はないのかも。

「よくわからんが、それ、俺は言ってない」

「……わかってる。工野くんはそんなこと言う人ではないわ」

「じゃあ、俺の思ってることを言うけどさ。深法は綺麗だし、頼りになるし、もっと色々教えてほしいし、キリッとした目つきも魅力的だ」

「――――っ」

杖を構えていた深法が止まる。

「仲間である俺と、陰口を叩くような奴らと、どちらを信じるかは深法の自由だけどさ」

やがて、彼女が俺に背を向けたまま、小さく呟く。

「……く、工野くんの方を、信じたいわ」

「じゃあそうしてくれ。俺は、四人に優劣をつけて付き合ったりはしてないからさ」

「……優劣は、ないかもしれないけれど。違いは、あるわよね」

「え？」

深法が俺の方を向く。その顔は真っ赤に染まっていた。

「もし、本当に、私のことも魅力的だと思ってくれているのなら」

深法が一歩、また一歩と俺に近づき、ちょこんと袖を摑んだ。

「私も、貴方のはーれむに、入れてくれる？」

潤んだ瞳で見上げられ、俺の心臓がドクンと跳ねる。

まさか、あの生真面目なクラス委員長の口から、ハーレムなんて言葉が飛び出してくるとは。

「み、深法はいいのか……？」

「え、ええ。女性陣での話し合いは済んでいるし、納得もしているわ。そもそも不純異性交遊とは『少年少女を健全に育成する上で支障のある行為』とされているわけだけれど、平和な日本ならともかく、この無人島という環境では健全育成なんて言っている場合ではないのだし」

時代や場所が変われば、必要なルールも変わる。

いわゆる『郷に入れば郷に従え』だ。言われてみれば当たり前なのだが、染みついたルールをスッと切り替えられる人間は少ない気がする。

「そ、そうか」

「この集団の中心人物は工野くんよ。何もしなくたって、貴方は仲間を区別したりはしないでしょうけれど、それは貴方の優しさに甘えるということで、健全ではないわ」

詩音も似たようなことを言っていた。彼女の場合は、『嘘がわかる能力』単体では現状、役に立てていない、という部分も影響していたのだろうが……。

「深法は魔法や知識で充分貢献してくれているじゃないか」

俺の言葉に、深法が傷ついたような顔をする。

「や、やっぱり、私では魅力が足りない？」

「そんなわけないだろ。そうじゃなくて……真面目な深法が、地球に戻って後悔するような選択はしてほしくないんだ」

本人が積極的にしているのか、追い詰められてしているのかでは、まったく違う。

「後悔なんてしないわ。私、元々工野くんに……こ、好感を持っていたもの」

「そう、なのか」

「わ、笑わないでね……？」

そう前置きして、深法は語り始めた。

ある日の授業終わりのこと。

教師が生徒から回収したノートを職員室に運ぶのを面倒臭がって、クラス委員に丸投げした。

その教師がそれをやるのはいつものことで、普段ならば委員長の深法と、副委員長の男子が手分けして職員室まで運ぶのだが……その日は副委員長が欠席していた。

だが教師はそれに気づくことなく教室を出ていってしまう。

クラスで疎まれがちな深法は、誰かを頼ることもできず。

自分一人で二往復すればいいか、と考えていた。

「で、でも……工野くんは、声をかけて手伝ってくれたわ」

「……あぁ、思い出した。あったな、そんなこと」

「あの時、副委員長が欠席していることに気づいた上で、私がどうするのかをクスクスと眺めている子たちがいて。私自身、誰かを頼るということもできずにいて。そんな時、工野くんが声をかけてくれて、とても嬉しかったの」

「深法が美人だから、手伝っただけかも」

「ふふ、それはないわ。あれ以来、貴方のことを目で追うことが増えて、当たり前のように人助けをする人なんだって、知ったもの」

転移後に男子二人組と会って嫌な思いをした深法が、合流した俺をすぐに信用してくれたのは、そういう経緯があったからか。

「……じゃあ、本当にいいんだな？」

「え、ええ。あ、貴方とならら、その……淫らなことも、嫌じゃない、から……」

そんなことを言われては、我慢しろという方が無理だった。

俺は深法の手を引き、近くの木陰まで連れて行く。

「すまん、家に戻るまで我慢できそうにない」

「～っ。う、うん、いいのよ。私も、家だとみんなの帰宅が気になって、集中できないと思うし……」

大樹の下で見つめ合うと、深法が何かを期待するように目を閉じた。

俺は深法のつややかな唇に、そっと自分の唇を合わせる。

自分にも他人も厳しかった深法が、こういった方面で俺を受け入れてくれたということに尋常ならざる興奮が沸き起こり、つい再び唇を重ねてしまう。

「んっ……。わ、私、しちゃったのね……工野くんと」

深法は少し驚いたような顔をするも、抗うことなくそれを受け止めた。互いに息が荒くなり、身体の密着度が上がる。やがて深法が目を開き、間近で互いの視線が絡み合う。

普段の怜悧な彼女からは想像もつかぬほど、熱に浮かされた表情と、とろけた瞳。

俺がそれを引き出しているのだと思うと、興奮は高まる一方だった。

「く、んっ。工野くん、何か、私のお腹、当たって……」

「すまん。深法が魅力的過ぎて……」

深法が視線を下に向け、膨らむ俺のズボンを瞳に捉えた。そして、ごくりと喉を鳴らす。

「わ、私に興奮して、勃起した、のね……？」

深法はあくまで教科書から得た知識として言っているのだろうが、彼女からそんな言葉を聞くのは、妙にドキドキする。

「あぁ……」

「謝らないで、工野くん。その、射精のお手伝いをさせてもらっても、いいかしら」

「た、頼む」

深法が赤らんだ顔のまま俺の前に膝をつき、ベルトを外していく。

そして、ズボンとパンツが下ろされ、天を衝くように固くなったそれが、晒された。

「こ、これが工野くんの……陰茎」

「深法……。い、陰茎はちょっと……」

「ご、ごめんなさい。それじゃあ……えぇと……えぇと……オチン〇ン？」

テンパった末に深法が口に出した言葉がそれだった。

おそらくスケベブックやネット知識などにも触れてこなかった真面目な深法にとって、引き出せる言葉がそれだったのだろう。

オチン〇ンとかくらいなら、幼少期に児童向けアニメややんちゃな男子が口にしたりする。

「ち、違う？　あの、工野くんが教えてくれたら、それで言うから……」

どこか窺うように、深法がそんなことを言う。召子といい深法といい、性知識が薄いことが逆にこちらの興奮を煽ることがあるのだと、俺は無人島に来て知った。

「だ、大丈夫。それでいいよ」

「本当？　それじゃあ、工野くんのオチン〇ン……私の手で刺激して、射精まで導けるよう頑張るわね」

深法のそのフレーズだけで既にやばいのだが、まだ触れられてもいない。

彼女がそっと俺のに触れる。そっと、両手を使って握ると、「すごい……こ、こんなに熱く固くなるのね……」と感心したように呟く。

「み、深法……動かしてくれ」

「そ、そうよね。性的快感を得るためには、刺激が必要よね」

深法の両手が動く。こすこす……こすこす……こすこすと、丁寧かつゆっくりとした動き。

普段はシャーペンを握って、真面目に勉強している深法の手が、今は俺の棒を握って気持ちよくさせようとしていた。その動きがだんだんと、何かを思い出させるように速くなる。

シュッシュッ……シュッシュッ……シュッシュッ。

「まさか……深法も詩音から？」

「え、えぇ。工野くんが好きな加減を、その……教えてもらって。こういうことが、あるかもって……その……私の手じゃ、気持ちよくないからしら」

「そんなことないよ」

「じゃ、じゃあ、気持ちよく、できてる？」

「あぁ……っ」

俺がこくこくと頷くと、彼女はほっとしたような顔をした。

「そう、よかった。注文があったら言って頂戴ね。私、工野くんが気持ちよくなるよう頑張る……あ、これって」

先走りが垂れてきて、深法の白い手を汚していく。

「尿道球腺液……カウパー腺液ね。せ、性的興奮を覚えた際に分泌されるという……な、なら本当に興奮してくれているのね。ふふ……あ、本当に無色透明で匂いもないのね……それに適度な粘性もあって……こ、このまま刺激を与え続ければいいのかしら」

にゅるっ……ぬるっ……と滑った手で、深法が棒を扱き続ける。

彼女は知的好奇心を刺激されると共に、俺を気持ちよくできていると実感できたようで、徐々に嬉しそうな顔になっていく。

その笑顔は無邪気なものというより、熱に当てられた淫蕩なものであり、とても普段の深法からは想像できないほど、エロかった。それがトドメとなり、一気に限界が訪れる。

「深法、もう……っ」

「えっ。あっ、もう少し待って頂戴。私、準備を忘れて――」

「ぐっ……！」

びゅるびゅると白濁液が迸り、深法の制服を汚していく。

目の奥がちかちかとして、腰がガクガクと震えるほどの快感。

脈動はしばらく続き、それが収まったあと、俺は深法を見下ろした。

深法は何故か、重大なミスを犯したかのような表情で、顔を青くしている。

「深法……？」

「ご、ごめんなさい、工野くん。わ、私調子に乗って手順を飛ばしてしまって……」

「て、手順？」

「その、工野くんは胸に出すのが好きだからって、さりげなく制服のボタンを外すよう詩音さんに教わっていたのだけど、忘れてしまっていて。そ、それに最後、工野くんが気持ちよく射精するためのかけ声も千癒さんに教えてもらっていたのに……咄嗟のことで言えなくて……」

確かに、そのあたりも他の三人は共有しているようだった。

そこまで忠実に俺の性癖に沿わなくてもいいのだが、深法は聞いていたことを実践できなかったことで、ひどく落ち込んでいるようだ。

「深法。大丈夫だよ、すごく……よかったから」

「だ、だめよ。そ、そうだ。もう一回チャンスをくれないかしら？　つ、次はちゃんとするから。他の子みたいにできるよう頑張るから。だから……がっかりしないで」

深法が俺の腰にしがみついて、そんなことを言う。

イノシシ相手に魔法を外したり、近くの木を誤って伐採した時もそうだったが、彼女はその責任感の強さから、失敗をひどく恐れているようだ。

「がっかりなんてしてないよ、本当だ」

「で、でも……」

「ただ、深法がもう一回してくれるなら、それはすげー嬉しい。でも勘違いしないでくれ。これは挽回のチャンスとかじゃなくて……一回目もすごくよかったから、またしてほしいってことなんだ」

「ほ、本当……？　がっかりしていない？」

「するわけない。というか、深法がしてくれるって考えただけで……」

今出したばかりだというのにもう硬さを取り戻している俺のものを見て、深法が目を見開く。

「く、工野くんのオチン〇ン……また勃起しているわ」

「あぁ。だから、もう一度頼んでいいか？」

「え、ええ、任せて……！」

深法はドロドロに汚れた制服のボタンに手をかけ、下着を露出させていく。グレー色の地味なスポブラだが、その遊びのなさが深法らしくて、よく似合っていた。

「さ、最初から露出させておけばよかったんだわ」

「その……深法は気持ち悪くないのか？　だいぶ、淫らだと思うんだが」

「す、少し倒錯的だとは感じるけれど……。さっきも言ったように、貴方なら嫌じゃないわ」

「そ、そっか……」

「それに……す、好きな人には、喜んでほしいもの」

その言葉に、更に硬さが増してしまう。

ビタンッと自分の腹に跳ね返るほどの硬度となった。

「きゃっ……す、すごい……。えと……工野くん、それじゃあ、また始めるわね」

その後、俺は深法の下着が真っ白に染まるまで搾り取られることになるのだった。

あまりに興奮して、魔法練習よりも、淫らな行為の方に時間を使ってしまった。

俺ばかりが気持ちよくなって終わりとならぬよう、千癒や召子の時のように、深法にも奉仕をしたのだが、恥ずかしがる彼女が可愛く、また勃ってしまい、それに気づいた深法が再び手を伸ばし……という繰り返しで時間があっという間に溶けてしまったのだ。

濡らしたタオルや収納再配置によって後処理を終えたあと。

まだ火照った顔のまま、深法が立ち上がる。

「そ、そろそろ帰りましょうか」

「そうだな。いつの間にか、夕日になってるし……」

「ご、ごめんなさい。私の所為で……」

「いやいや、そんなことないって……」

互いに照れつつ、帰路につく。

というか、これでついに仲間の四人全員と、えっちなことを経験してしまったことになる。

日本なら刺されるような事態だが、幸いにして全員が納得済みという夢のような状況。

「く、工野くん……？」

「あぁ、どうした？」

「そ、その……嫌だったらいいのだけど……て、手を繋いでもいいかしら」

「あ、あぁ。もちろん」

何気に、こういう要望は初めてだ。

そっと彼女の手を握る。

さっきまでもっと過激なことをしていたはずなのに、妙にそわそわした。

「ありがとう……その、似合わないとはわかっているけれど、こういうの、憧れだったの」

「似合う似合わないなんてないだろ。俺も、手を繋いで帰るカップルとか見て、羨ましいと思ったことあるし」

「……千癒さんと、経験したことはないの？」

意外そうな顔をする深法。

「小学生くらいの頃はあった気もするけど……中学に上がってからはないなぁ」

「そ、そうなの……」

深法の声は、なんだか嬉しそうだった。

「ね、ねぇ、工野くん」

「ん？」

「その、前は上手くできなかったけれど……その、な、名前で呼んでも、いいかしら」

「あぁ、好きに呼んでくれていいよ」

「じゃ、じゃあ……創助さん、って、呼んでもいい？」

「いいよ。呼び捨てでもいいし」

「ううん……創助さんでお願いするわ」

「わかった。俺は深法のままでいいか？」

「うん。改めて、よろしくね。創助さん」

「あぁ、よろしく」

「そ、その……催したら、いつでも声をかけて頂戴」

「深法……そんなことを言われると、男は調子に乗ってしまうぞ」

「ふふ、創助さんはそのくらいの方がいいかもしれないわ。普段は優しすぎるもの」

「わ、わかった。じゃあ遠慮なく頼むからな」

「ええ、期待して待ってる」

「深法が嫌になるくらい頼むかもしれないぞ」

「本当に嫌がったら、きっと貴方は止めてくれるでしょうけど……。でも、安心していいわ。

　貴方に求められて嫌だなんて思わないから」

　深法が俺の肩に、控えめに頭を乗せて、そう言った。

まずい……深法が可愛すぎる。というか、四人とも魅力的すぎやしないだろうか。

そのまま二人、手を繋いで帰宅する。

やがて拠点へ到着。玄関で手を離し、建物内へ。

「ただいまー」

「おかえりー。しーちゃん、二人帰ってきたよー」

リビングから召子の声がする。

「創助くーん。帰ってきてすぐで申し訳ないんだけど、頼んでもいいかなー？」

「おー」

「ふふ、創助さんは人気者ね」

「『クラフト能力』は便利だからな」

「また、そんなことを言って」

リビングを通る途中、千癒が「おかえり『初級治癒（ヒール）』」をかけてくれた。

そして召子と千癒が深法の両サイドに回り「みのりん、今日は遅かったね？　随分（ずいぶん）とお楽しみだったかな？」「ん。諸々（もろもろ）吐いてもらう。情報共有は重要」と深法を引きずっていく。

「わ、わかったから。しっかりと話すつもりだからっ」という委員長の声を聞きながら、俺は調理場へ顔を出した。

「詩音、何を作ればいいんだ？」

「うん。『ヤマブドウ』から『バルサミコ酢』を作れないかなって」

調理場に『ヤマブドウ』と『テンサイ』が詰まったカゴがあるので、収納しておく。

「……名前だけは聞いたことあるけど」

「あ、ごめんね。えぇと、ブドウの濃縮果汁を長期熟成して作るお酢のことなんだけど」

「ふむふむ。じゃあまずは『ヤマブドウ』から『果汁』をとって、そこから『バルサミコ酢』を生成する感じか……おっ、レシピが出たぞ」

調味料ならば生成できるようだ。

熟成期間も飛ばせるのは『クラフト能力』の利点の一つだろう。

「さすが創助くん……！」

「これは何に使うんだ？」

「ふっふっふ……それはできてのお楽しみだよ！」

料理長に就任してから、詩音は生き生きとした表情を見せるようになった。料理好きというのもあるが、こういう状況で自分の役目を見つけられた嬉しさもあるように思う。

「詩音の料理は美味いからな。楽しみにしておくよ」

「うん……！　あ、それと――」

「なんだ？」

「深法ちゃんに、私もあとで話を聞かせてもらうねって、伝えておいてくれる？」

「……あ、あぁ、わかった」

確かに少し遅れたかもしれないが、三人ともそれだけで女の勘が働きすぎではないだろうか。

俺は調理場を出て、少し迷ってから風呂場に向かう。

先に入浴を済ませてしまおうという考えの他にとある目論見もあった。

脱衣所を抜けて扉を開くと、露天風呂形式の風呂場に到着。

石製の大浴槽を配置し、その上を覆うように屋根を配置する。

この屋根も、地面に埋めるような基礎を作るのは収納できなくなるため、避けた。

だが屋根が倒れたりしては困る。

要するに、地面に埋めたり、コンクリで固めたりするのと同等の力で固定できれば良いのだ。

俺が考えたのはシンプル。風呂の四方に穴の空いた巨岩を配置し、そこに柱を嵌めたのだ。

正確には、柱が岩の穴にぴったり嵌まった状態で、屋根ごと配置した。

コンビニの軒先などに並んでいる『のぼりスタンド』と大体同じだ。

あれも、地面に埋め込んだり固定するのではなく、重しを用意してそこに棒を差している。

『クラフト能力』のおかげで、石材に綺麗な穴を開けられたし、屋根を組んだ状態で配置できた。これなら簡単に収納できるし、滅多なことでは倒れない。

ちょうどいい機会なので、木の衝立は全て収納して、背の高い石垣に変更しておく。

これならば、風で衝立が倒れることもない。いよいよ露天風呂感が出てきた。

早速湯を注ぎ、水で適度に薄めてから身体を洗う。

「そういえば、ボディソープとシャンプーって分かれてるんだから、何か違いがあるんだよな……？」

女性陣に聞いて、作れそうならば作ってみよう。

肌への刺激とか、あとは保湿成分とかが関わってそうだと、なんとなくは思うのだが。

軽く入浴しながら、女子たちのために香り付き石鹸を生成していく。

「ふぅ……。甘いもの食べたいが……砂糖単体だとなぁ」

次いで、試しに綿菓子を作ろうとしてみるが、失敗した。

お菓子……つまり調理に分類されてしまうのか。

チートな『クラフト能力』だが、なんでも作れるわけではない。

あれならば砂糖の結晶だし、調理認定はされないのではないか。

「……あ、氷砂糖はどうだ?」

「おっ、作れた作れた」

手許に出して、口に含んでみる。

「あっっっっま……!」

久々のわかりやすい糖分だからか、脳にガツンとくる甘さだった。

「うん……これはあとでみんなにも教えよう」

詩音ならこれを利用した調理法を知っているかもしれないし、一つ二つくらいなら舐めるだけでも充分楽しめる。砂糖が口の中であらかた溶けてから、俺は一旦、石風呂を収納。

身体を拭いて家の中に戻った。すると、なんだかいい匂いが鼻孔をつくのだった。

◇

「うまうまー！」

召子の感嘆（かんたん）の叫びが食卓に響く。

「ふふ、喜んでくれてよかった」

夕食のメインは『イノシシスペアリブのバルサミコ酢炒（いた）め』だった。

「本当に美味いよ。この甘じょっぱさ、米が欲しくなるな……」

男子高校生なので肉には米が欲しくなるものなのだが、これは特にそう感じた。

「ふふ。お米も欲しいね。本当は胡椒（こしょう）とか片栗粉（かたくりこ）とかにんにくとかも欲しいんだけど、今後の探索に期待かな」

「ん。しおちゃんの料理の幅が広がるなら、探索も喜んでする」

はぐはぐと肉を嚙みながら、千瘉が言う。完全に同感だった。

新しい食材が見つかるほどに詩音のレパートリーが増えるとなれば、一層気合いが入る。

「サラダも美味しいわ。これもバルサミコ酢なのよね」

「うん。これまでそのまま食べてたからこそ、より美味しく感じるよね」

そろそろ、米か麦かが欲しいものだが、全ては謎黒板次第だ。

夕食も全員完食し、女性陣の風呂の時間へ。

俺たちは、朝から夕方にかけては制服姿で、風呂を機にウールか亜麻布（リネン）の部屋着に着替える。

そして就寝し、朝に起床したらまた制服に着替えるわけだ。

「そうだ、深法。石鹸とシャンプーってどう違うんだ？」

俺の言葉に、深法が顎に指をあてがいながら答えてくれる。

「そうね……。シャンプーにも種類があって、石鹸でも髪を洗うことはできるのだけど、アルカリ性だから毛髪への刺激が強くなってしまうの。もし創助さんがシャンプーを作ってくれるのなら、アミノ酸系シャンプーを目指して、そこにこの島で手に入れた保湿剤を混ぜてくれれば、髪に優しいものが出来上がると思うわ」

「おっ、そうなのか。ひとまず身体は石鹸で洗えそうだし、アミノ酸系シャンプーの作り方を教えてくれ」

「ええ、もちろん」

入手済みの『炭酸ナトリウム』と『水』、深法に選別してもらった『油脂』、そこに昆布などから抽出した『グルタミン酸』を加えれば、アミノ酸系シャンプーは生成可能となった。

あとは『スクアラン』という保湿剤も加えたのだが、これも羊毛を刈る際に手に入る品だったらしい。深法に教えてもらったら『インベントリ』に追加されていた。

羊……大活躍じゃん。

再び召子に召喚してもらうのもいいかもしれない。

「というわけで、天然保湿成分たっぷりのアミノ酸系シャンプーが完成したぞ」

石の容器にシャンプーを入れ、女性陣の人数分用意する。

あとは、メインの香り付き石鹸だ。

「早速使ってみて、何か要望があったら教えてくれ」

俺はてっきり、いつものようにみんな喜んでくれると思っていたのだが。

リビングのテーブルで、じっとシャンプーと石鹸を見つめる四人。

「どうした？　なんか変なところでもあったか」

俺がちょっと不安になってきたところで、千癒が——正面から抱きついてくる。

「そうくん。ただでさえ天井に達してた幼馴染みの好感度が、今、天井を突き破った」

そのまま額(ひたい)をぐりぐりと俺の胸板(むないた)に押しつけてくる千癒。よっぽど嬉しいようだ。

「なんだ、喜んでくれてたのか。よかったよ」

ほっとする俺に、今度は召子が背中に飛びついてくる。

「創助、神！」

背中に召子の胸が当たるのだが、その所為で海での出来事を思い出してしまう。

「せっかく少しは恩返しできたと思っても、すぐまた新しく何かをくれるから、永遠に恩返しが進まないよ」

詩音が困ったように言いながら、俺の左腕に身を寄せてきた。

「きっとお礼はするから、何か思いついたら、創助さんも言ってくれると嬉しいわ」

深法がやや恥じらいながら、俺の右腕側にぴとっとくっついてくる。

まさにハーレムという状況なのだが、これではドキドキして気が休まらない。

「みのちゃん、言い方がえっち」

「みのりん、勉強だけじゃなくて男心をくすぐるのも上手とか……強すぎ」

「むむ……昨日まで『淫らな！』って言ってたとは思えない発言だね」

「み、みんなして酷いわ……！」

深法が顔を赤くしながら涙目になる。完全にいじられているのだが、真面目な深法はこういう掛け合いの経験も少ないのかもしれない。

彼女は適応力が高いので、その内反撃したり流したりの技術も身につくだろう。

やがて気が済んだのか四人が俺から離れ、シャンプーと石鹸を抱えて風呂場へ向かう。

俺もお湯を入れる必要があるので同行し、お湯の温度がいい具合になってから風呂場を出る。

「あ、俺はもう入ったから、今日は湯船はそのままにしておいてくれ」

収納再配置は明日でいいだろう。四人の返事を聞きながら、自室に戻った。

ふと思い立ち、木材から『紙』を生成。

机に広げ、腰かける。それから炭を利用して地図っぽいものを描いてみるのだが……子供が描いた宝の地図レベルのものしか作れない。

「ま、まぁ……大体の位置関係がわかればいいか」

海、森、拠点。深法と伐採に行った場所と、特定の採取物のあった場所。これらの情報を仲間と共有し、随時情報を共有していけば、効率よく探索が進められるかもしれない。

「うーん……深法か詩音に清書を頼んだ方がいいな」

「私がどうかした？」

気づけば、詩音が後ろからこちらを覗き込んでいた。

「うぉっ……し、詩音か。もう風呂から上がったのか？」

もこもこの服に身を包む詩音からは湯気が立ち昇り、その髪はつややかで、その肌はもちもちしており、その頬は朱色を帯びていた。

「ふふ、随分集中していたんだね。もうみんな上がっているよ」

「そ、そうか……。それで、どうして俺の部屋に？」

俺の問いに、詩音が目をぱちくりさせる。

「あれ？ 千癒ちゃんから聞いてない？ ごめん、もう知ってると思ってたから、勝手に入ってきちゃった」

「何を？」

「だからね……その、創助くんの夜の当番というか……一緒に寝る権利というか。四人が順番にってことになったの」

……なんと。昨日が千癒の日で、今日が詩音の日というわけか。

「嫌……だった？」

俺は首を横にぶんぶん振る。

「そんなわけない」

「よかった。『初級治癒』で回復してるとは言っても、今日だけで沢山出したって聞いたから、もう私には反応してくれないかもって思っちゃったよ」

　そういえば今朝から千癒、召子、深法と三人に対し、それぞれ複数回出している。

　千癒の『初級治癒（ヒール）』で精力まで全回復するとはいえ、凄（すさ）まじい発射回数だ。

　俺の返事に、詩音は心底安堵（しんそこあんど）した顔を見せると、そっと俺のベッドの上に腰かけた。

「私だけ仲間外れは寂（さび）しいな……。今日の内に、私にも出してくれる？」

　潤んだ瞳で頼まれて、断れるわけもなく。俺は立ち上がり、詩音に近づいていく。

　蠟燭（ろうそく）に照らされた部屋の中、壁に映る俺と詩音の影が重なる。

　詩音と唇を交わすと、その柔らかさと瑞々（みずみず）しさに止まらなくなり、部屋にいやらしい水音が鳴り響く。

　ぴちゃ……ぴちゃという音が跳ねる中、「んっ……ふっ……んっ」という詩音の吐息（といき）が混ざり、室温を上がったかのような興奮をもたらす。

「どう？　創助くん。私の匂い」

　彼女からは、作りたての香り付き石鹼の匂いがした。柑橘系の匂いだ。

「さっぱりしたいい匂いだな」

「ふふ、この匂い、気に入ったかな？　それとも他のがいい？　それなら、次から創助くんが好きな匂い、つけてくるよ」

　なるほど、そういうことか。

　詩音は意識的に、男の自尊心とか優越感とかを煽る発言をする。

これもその一環だろう。

「ねぇ、創助くん。見て？」

服を着たままの詩音が、裾を掴んで首元まで一気に引き上げる。

瞬間、ふわふわの巨大大福が二つ連なって、世界に晒された。

その拍子にぽよよんっと揺れ動く様は、さながらプリンのごとく。

俺はそこから目が離せない。

「創助くんのおかげで、今日もふわふわだよ。確かめてみて？」

甘い声に導かれるまま、おそるおそる白く丸い連峰へと手を伸ばす。

瞬間、驚愕。ぴとっと指に張り付いてきたではないか。撫でると絹のような手触りで、雪のように白くありながら体温を伴い、そこに彼女の香りと吐息まで混ざってくるというのだから、正気を保てという方が無理な話。

さわさわ、ぽよぽよ、ふにふに、くにくに。

どんな触り方をしても脳に幸福が流し込まれる、とんでもない物体だった。

「んっ。ふふ、夢中になっちゃったね。いいよ、満足するまで、いくらでも触って」

全てを肯定するような詩音の言葉に、俺の理性は消し飛んだ。

それからどれくらい経ったことだろう。

「んっ、ふっ、あっ……創助くん。もうずっと私の胸、触ってる」

そんな彼女の声で、ハッとなった。

見れば、蠟燭がだいぶ短くなっている。

「あ、ごめんね、邪魔しちゃったかな」

詩音は火照った顔で、額に汗を掻きながら、俺に微笑みかけた。

「すまん、理性が飛んでた」

俺は謝罪したのだが。

「あはっ」

詩音が心底嬉しそうに、笑みを深める。

「し、詩音？」

「創助くん、謝らなくていいよ。むしろ、こんなことで少しでも恩返しできるなら、いくらでも触っていいから。今晩だけじゃなくて、いつでもね」

また理性が崩壊しそうなことを言う詩音。

「……正直永遠に触っていたいが、そろそろ……その」

股間の方もだいぶ限界になっていた。

「ふふ、そうだね。あ、創助くん。こんな時で申し訳ないんだけど、作ってほしいものがあるんだ」

水を差されたように感じないでもないが、彼女が言うなら必要なのだろうと判断。

「あぁ、言ってくれ」

「ありがとう。あのね、深法ちゃんに聞いたんだけど……昔の人は、えっちの時に使うローシヨンを、海藻から作ったりしてたんだって」

その言葉に、いまだズボンの中に押し込められたままの棒が、更に硬度を増す。

深法がそれを知っていたのは、『昔』というのが歴史の範疇だからだろうか。

彼女ならば、勉強する際に目にした雑学的な情報さえ漏らさず記憶していそうだ。

「えぇと確か……海藻から『アルギン酸』を抽出して『ナトリウム』を混ぜるとか」

俺は一瞬でレシピの解放を確認し、『アルギン酸ナトリウム』を生成。

「それを水に溶かすと、とろとろになるんだって」

つまり、海藻のとろとろを利用するということだろうか。

即刻水を混ぜてローションを生成すると、詩音に「できた」と告げる。

「わっ、すごい、さすが創助くん。仕事が早いね」

そう言いながら、詩音が自分の胸の谷間を開くようにする。

「いっぱいかけてくれる?」

彼女が何をしようとしているか、いや、何をさせてくれるのか理解し、俺は興奮に当てられたままローションを彼女の胸に配置する。

パンケーキにシロップを好きなだけかけた時のような、蠱惑的な光景が、目の前に広がっていた。すべすべだった肌が、粘性を帯びたとろとろの液体に覆われていく。

そして彼女が谷間を閉じると、自分の胸をこねはじめる。

またたく間にとろとろが広がっていき、谷間の上下から溢れ出る。

「来て、創助くん」

それをバカみたいに眺めていた俺は、彼女の声で我に帰り、すぐさま下を脱ぎ捨てる。

「わぁっ。今日もすごい、かちかちだね」

「詩音……っ」

「いいよ、挿入れて」

俺は我慢できなくなり、彼女の腹にまたがり、谷間の下部を穴に見立て、棒を一気に突き入れた。

「あっ……」

詩音の切なそうな声さえ、耳に遠い。

腰から下が爆発したかのような快楽に、外界の情報を認識する能力が著しく低下していた。

なんとか下を見ると、俺の腰はしっかりとついている。

「創助くん、すごく気持ちよさそうな顔してる」

とろっとろでほかほかの穴に、俺の棒が入っている。

「……動いていいよ？　いっぱい突いてね」

情感を煽るような詩音の声も、しっかりと聞こえるようになってきた。

腰をゆっくりと引き抜き、再び突き入れる。その度に詩音の巨乳が揺れ動いた。

彼女に体重をかけないよう気をつけながら、加減を覚えるように、ぎこちない往復運動を続ける。やがて、最適な体勢を理解すると、あとはもう猿のように腰を振り続けた。

そんな俺を、詩音はずっと慈愛の笑みを浮かべて見つめている。

「ふふ……創助くんのを胸に挿入れちゃった。今後他の人に許すつもりはないから……創助くん専用だね」

「ぐっ……」

詩音の絶妙な言葉選びに、腰が速くなる。

「すごいっ……まだパンパン速くなるんだね。好きなだけ突いて、気持ちよくなってほしいな。それで、出したくなったらいつでも出して。私の胸は創助くんが射精するための穴なんだから」

視覚、触覚、聴覚、嗅覚の全てを刺激する詩音に、長く堪えられるわけもなく。

「詩音……っ」

最後の数瞬、腰の動きを限界まで速めると、俺は最後の一突きと共に、彼女の胸の最奥で白濁液を迸らせる。それに合わせて、彼女は自分の胸を自分で強く締めつけた。

内部の圧が高まり、種が即座に搾り取られる。

「はい、どーぞ。びゅるびゅる～、びゅるびゅる～、どぴゅ～～～～」

脳が溶けるような快楽と共に腰がガクガクと震え、それに伴って発射が断続的に続く。

「あっ、ふふ、びゅう、びゅう、とぷ、とぷ……最後まで乳内に出していってね」

詩音の顔を見ると、あまりの勢いで出したからか、胸の谷間から白濁液が飛び出し、彼女の綺麗な顔まで汚していた。

それなのに詩音は嫌な顔一つせず、最後の一滴まで搾ることを優先している。

どこまでも献身的な彼女の振る舞いに、申し訳なさよりも興奮が勝ってしまう。

「すごい勢いだったね、創助くん。胸に出して顔まで届かせるなんて、一石二鳥のお射精だ」

悪戯っぽく笑いながら、彼女がわざとだろう、胸の間を見せつけるように広げる。

そこは、ローションと汗と白濁液が混ざり、どろっどろの惨状を呈していた。

彼女の右胸と左胸に蜘蛛の糸のように伸びるのは、果たしてローションなのかそれとも……。

「沢山出してくれて嬉しいな。それだけ、気持ちよくなってくれたってことだもんね？」

眼下の光景を見て、ぐんぐんと硬さを取り戻していく俺の棒。

それに彼女は、満足げな笑みを浮かべる。

「やった。また大きくしてくれたね。他の子でも何回も出したんだから、私も負けないようにしないとって思ってたんだ」

「そんなの、気にする必要ないのに……」

「重要だよ。出してくれるってことは、気持ちよくなってくれたってことでしょ。男の子にとって、それってとてもプラスの出来事だよね。私たちが、わかりやすく、創助くんの役に立ったって実感できるの、他にないよ」

「詩音は、料理だって作ってくれてるじゃないか」

「全然足りないよ。それに、料理はみんなに振る舞うものでしょ。どちらにしろ、創助くんが私にくれたものとは、まったく釣り合ってない。不安になるくらいに」

そう言って彼女は胸を閉じ、再び俺の挿入を促すかのように、むにゅうと胸をこねる。

「創助くんはさ、難しく考えなくていいんだよ。こんな島で、優しくて頼れる大好きな男の子の存在なんて、本当にありがたいんだから。私たちはただぶら下がって生きたくはないし、貴方の役に立ちたいから、色々するだけ。嫌なことなんて一つもしてないよ」

俺はゆっくりと、胸の穴に棒をあてがう。もはや無意識の行動だった。

彼女はそれを嬉しそうに見つめている。

「創助くんが、私たちを仲間だと思ってくれているのも、私の料理の腕を認めてくれているのも、わかってるけど。その上で、こっちでも必要だって思ってほしいな」

俺はごくりと唾を飲み、彼女を見つめ返す。

「詩音が必要だ」

彼女が、胸の内から湧き出る喜びを表現するように、頬を染めながら笑う。

「どうしよう、嬉しい。……来て、創助くん」

俺は再び彼女の胸の中に棒を沈め、それから長い時間、行為に耽った。

蠟燭が消えても二人は止まらず、新たに火をつけることさえ惜しんで身を寄せ合った。

気づくと、白い部屋。
昨日の轍を踏まぬよう、今日はしっかりと後処理をしてから布団に包まったので、朝も安心

だ。一度蠟燭が切れてしまったので、窓を開けて月明かりを頼りに互いの肌を拭うことになったが……。

　さすがに寝室で火起こしは避けたかったので、仕方あるまい。そして、千癒と同じく詩音も事後に自室へ戻ることはなく、俺と詩音は一緒に眠りについたのだった。

　開口一番、千癒が言う。

「何回？」

「ふふ、またあとで詳しく話すね」

　詩音は頰を染めながら、余裕の笑みを浮かべる。

「ぐぬ。これは四回以上は搾ってる顔」

　どんな顔だよ。

「……四回以上……ど、どれだけ淫らな行為が繰り広げられたのかしら……音は……すごい聞こえてきたのだけれど」

「創助のことだから、絶対おっぱいだ」

　深法と召子も赤面しながら反応していた。妙な気恥ずかしさを覚えながら、俺は考える。

　ええと、確か昨日……もう一昨日か？　とにかく先日、詩音に二回出したことを知った千癒が対抗心を燃やし、俺から三回搾った。それ以降は『初級治癒』を使用して俺の発射回数を回復させていたが、素の状態からだと三連続が記録？　となるわけだ。

　だが昨夜、帰宅時に千癒に『初級治癒』をかけてもらった俺には、詩音に四回以上には出したの

るので、文句も言えない。

性経験が全て女性陣に共有されるのは恥ずかしくもあるが、それによって良い思いもしているので……。それを悟った千癒が、再び悔(くや)しげな声を出しているのだろう。

『三日目が終了しました』

わちゃわちゃと盛り上がっていた女子たちも、黒板に文字が浮かぶとすぐさま集中。

このあたりは、さすがだ。

『イベント開催を告知致します』

「……イベントだと？」

『・イベントについて

不定期に開催される企画となります。

イベントごとに内容・報酬が異なる可能性がありますが、ご了承ください』

『今回開催されるのは、スタートダッシュ特別イベントとなります』

『・スタートダッシュ特別イベントについて

期間——四日目終了後、五日目朝から夜まで

内容——島内に配置される「浮遊する光球」の確保を競う

報酬——確保した一人にのみ、「帰還権利」を付与』

「帰還権利って……日本に帰れるってことか？」

三日目にして、重大な情報がもたらされた。

番外編 SPECIAL

幼馴染みの誘惑

ISEKAI RAKURAKU MUJINTOU LIFE

KAMIZU HOTAMI presents
Illust. by GIUNIU

異世界無人島での、ある日のこと。

ぱちゅぱちゅと、ねっとりとした水音が部屋に響く。

ベッドの上で、双丘が、屹立する棒を挟んでいた。

白く柔らかい双丘は絶えず動き、形を変え、棒を扱き上げる。

棒は時に膨らみ、時に先端から透明の液体を漏らしながら、気持ちよさそうにピクピクと震えていた。

「ぐっ……！」

やがて、快感が限界まで達したことで、棒から白濁液が噴出する。

「びゅー、びゅー、びゅるる、びゅるるる、びゅー」

俺の棒の鳴動に合わせ、少女が擬音を口にする。

腰を震わせながら迸る濁った液体は、豊かな胸部を通り、その谷間から噴火さながらに飛び出ると、少女の顔までドロドロにしてしまう。

「ん。今日もすごいびゅくびゅく出た」

顔にかかる液体を気にするどころか、むしろ満足げに舌を舐めたのは、幼馴染みの千癒だ。

俺は起床してすぐ、幼馴染みの双丘に挟んでもらうという、成人向け作品のような展開を経験していた。

「きもちかった？」

答えなどわかりきっているだろうに、顔から胸まで真っ白にされたままの千癒が、尋ねてくる。

「……あぁ」

俺は発射後の脱力感に包まれながらも、千癒に伝わるようにしっかり頷く。

千癒は満足げな顔をしてから離れると、出しておいたタオルで汚れた箇所を拭っていく。

「そうくんの弱いところ、大体掴んだ」

「……そうかもな。じゃあ、次は攻守交代しよう」

幼馴染みに奉仕してもらった分、こちらもと思ったのだが……。

「ん。その前に、お風呂入りたい」

「そっか。じゃあ、一階に下りて用意するよ」

『治癒魔法』を持つ幼馴染みは、『浄化』という魔法を習得している。

除菌洗浄をしてくれる優れた魔法だが、感覚的には汗拭きシートで体を拭うようなものらしい。

汚れは拭えているとしても、やはり身体を洗ってさっぱりしたい……という感じなのだとか。

そういうわけで、千癒を含め、女性陣が事後に身体を洗いたがることは珍しくない。

「そうくんはどうする？」

以前一緒に風呂に入ってから、千癒からこのように誘われることが増えた。

「なら、俺も一緒に入るかな」

それに慣れたとまでは言わないが、照れずに応じられるくらいにはなってきたと思う。

千癒と共に一階へと下りると、俺たちは揃って脱衣所へ向かう。

そこで服を脱ぐのだが、迷いない幼馴染みに対して、俺にはまだ照れがあった。それでも動きを止めることなく全裸になると、千癒と共に屋外の浴場へと出る。

朝の外気に迎えられながら、石畳の床の上を裸足で進み、石でできた浴槽の前へ。

『インベントリ』からお湯を選択し、浴槽に注ぐ。

あっと言う間に、湯気の立ち昇る風呂が準備できた。

「あらいっこ、しよ？」

こてんと首を傾けながら千癒が言う。

「あ、あぁ……」

これも恒例となりつつあるのだが、お互い一糸まとわぬ姿だけあって、緊張してしまう。

スポンジで石鹸を泡立て、風呂椅子に腰かけた彼女の白く小さな背中を、優しく洗う。

「ん。次は胸もお願い」

「……了解」

「スポンジは要らない」

そんな要望に、俺は手で直接、大きな胸部に石鹸を塗りたくっていく。

ふわふわぽよぽよの胸に、石鹸のぬるぬるが足されていくのだが、その感触がなんとも心地よく、またどうしようもなくこちらの興奮を煽る。

「……終わったぞ」

「ありがと。次は、わたしの番」

今度は、俺が彼女に背中を向ける。

このあとの展開はわかっていたが、それでも衝撃的だった。

彼女は石鹸を湯で洗い流すことなく、それどころかより沢山塗った上で、俺の背中に胸を擦りつけてきたのだ。

身を清める行為の最中だというのに、俺の股間は再び盛り上がってしまう。

千癒だってそれは予期できるだろうに、わざとやっているとしか思えない。

そして、俺の股間を見て、無表情ながら満足げな顔をするのだ。

「ん。そうくんの性欲は底知らず」

「……千癒にこんなことされたんじゃ、仕方ないだろ」

「魅力的な幼馴染みですまない」

「ほんとにな」

桶でお湯を掬い、石鹸を洗い流す。

それが済んでも、俺の棒は天を向いたままだ。

「大丈夫、責任とる。こっち、きて」

千癒が小さな手で俺の手を握り、湯船へと誘導する。

ほんの僅かな移動距離なのだが、それでも千癒の巨乳はぽよんっと大きく揺れていた。

以前は俺が浴槽に腰かける形で、千癒に胸でしてもらったのだが……。

「千癒、その前に。さっきの続きをさせてくれないか？」

「……続き？」

「攻守交代しようって言ったじゃないか」

俺の言葉に、千癒がほんのりと頬を染める。

「別に、大丈夫」

「嫌か？」

「……嫌じゃ、ない」

以前の行為と逆。

千癒には、浴槽の縁に腰かけてもらう。

そのまま足を広げた彼女の正面に、俺は膝をつく。

湯船に半ば浸かりつつ、彼女のぴったり閉じた割れ目を目前にする。

彼女の弾力に富んだ太ももに手を置き、口を秘裂へと近づけていく。

「あっ……んっ……」

唇をつけ、舌で突起を探り当てると、千癒の肩が小さく跳ねた。

彼女は声を堪えるように片手を口元に当てながら、切なげに身体を揺らす。千癒が俺の弱いところを把握しているように、俺も沢山の経験を積んで幼馴染みの弱点を発見しているのだった。

やがて千癒は限界が近づいてきたのか、俺の頭にそっと手を添える。それは形だけは頭を引き剝がそうとしているようだったが、明らかに力が入っていなかった。

顔全体を赤くしながら、ついに千癒が「んんっ……」と身体を痙攣させる。

俺が濡れた唇を離すと、彼女は放心したように虚空を見つめていた。

しばらくそうしていた千癒だったが、不意に立ち上がる。

「そうくんも、立って」

「あ、ああ」

俺のあれは、痛いほどに硬くなっていた。

それを一瞥すると、千癒はスッと体勢を変える。

浴槽の縁に手をつき、俺に向かって臀部を突き出したのだ。

彼女の卵のように真っ白な尻が視界に飛び込んできて、思わずごくりと唾を呑む。

さすがに、その意味がわからない俺ではない。

「どうしたの？　……いいよ？」

首だけ振り返り、とろんとした目で許可を出す千癒。

そんな姿に、棒の硬度がもう一段階上がるのだが……。

「いいよって、千癒……」

「……？　そうくん、あれ出さないの？　コンド――」

「待ってくれ」

自分でも理由はわからないが、千癒の言葉を遮る。

俺の言葉に、千癒は若干驚いたような間を置いたあと、口を開いた。

「？　つけたくないいっ、てこと？　大胆」

「いやいやいや……」

俺は首を横に振ってから、どう説明したものかと考えつつ、続ける。

「上手く言えないんだが……。なんか急に、物語の続きをネタバレされる時みたいな、嫌な感じがして」

「……よく、わからない」

俺の発言に、千癒はたっぷり十秒ほど沈黙した。

「だ、だよな」

千癒からすれば、意味不明な理由で焦らされているようなものだろう。

だが彼女は気を悪くすることなく、俺に寄り添ってくれた。

「でも、もしコン……あれを使うのがネタバレに感じるなら、見方を変えればいい」

「ん？　どういうことだ？」

「映画の予告編と同じ。本編の内容を一部見せることで、期待感を煽る」

「なるほど……！」

千癒のたとえは、これ以上ないほどの納得感をもたらしてくれた。

先ほどまで感じていた危機感のようなものが霧散する。

これならば、遠慮なく続きをできそうだ。

これから行うことは、重大なネタバレではなく、予告編のようなもの。

いずれこういう展開を迎えると、事前に示すもの。

――って、結局なんであんな感覚に陥っていたのか、よくわからない。

とにかく、気分は晴れた。

「そうくんの気が楽になったなら、よかった」

突如妙なことを口走った幼馴染みに対し、千癒のなんと優しいことか。

俺は改めて千癒の懐の深さに感謝した。

「ありがとう、千癒」

「ん。いいってこと、よ」

千癒は鷹揚に頷き、再度口を開く。

「それより、そうくん。そろそろ、あれ、出して」

その声は抑揚がないのに、どういうわけか凄まじい圧力を感じた。

「あ、はい」

俺は彼女に気圧されつつ、『インベントリ』から例の品を取り出し、手渡す。

千癒はそれを掴むと、ずっと硬度を失っていなかった俺の棒に近づき、手早く装着した。

「これ以上待たされるのは、悲しい」

準備万端整った幼馴染みとの行為に、俺は水を差してしまった。

それを深く反省し、彼女に謝る。

「あぁ、ごめんな」

俺は千癒をそっと抱き寄せ、口づけを交わす。

千癒の柔らかい唇が俺を受け入れ、すぐに彼女の方からも口づけが返ってくる。

「んっ……ちゅっ……ちゅっ……。ん、許す。じゃあ……しよ？」

幼馴染みは再度こちらに臀部を向ける体勢をとり、潤んだ瞳で俺を振り返った。

「あぁ」

俺はそっと彼女に近づき、棒をとある場所へとあてがい、そして——。

「んっ……」

千癒が切なげな声を上げる。

それからしばらく、水が跳ねるような音、粘性を帯びた卑猥な水音、何かを打ちつけるような音、そして千癒の嬌声が、重なって響くのだった。

あとがき

筆者はサバイバルモノが好きです。舞台は無人島でも、異世界でも、崩壊(ほうかい)した世界でも好きです。抗(あらが)うのが自然でも、モンスターでも、ゾンビでも、人同士であっても好きです。

それまでとは異なる環境に放り込まれた中で、生き残りのために力を尽くす人物たちの物語は読んでいてワクワクします。

それと同時に、彼らの日々の生活を考えると、大変だろうなとも思うわけです。そんなわけで、主人公の創助(そうすけ)には、無人島に飛ばされつつ生活環境を整えられるスキルを持ってもらいました。彼と仲間たちが、どんどん生活を豊かにしていく姿を、楽しんで頂ければ幸いです。

謝辞(しゃじ)です。担当の加藤(かとう)様にはお世話になりました。追加シーンの大半は担当さんのご提案を受けて加筆したもので、おかげで創助の無人島生活がより羨(うらや)ましいものになったと思います。

イラストのぎうにう様。ヒロインたちを可憐(かれん)で、美しく、時に艶麗(えんれい)に描き出してくださりありがとうございます！　おかげで登場人物たちの魅力がグッッッッッッと上がったと思います。

最後に、本書が世に出るまでに関(かか)わった全(すべ)ての方と、WEB版から応援してくださった方と、こうして本書を手にとってくださった方々に、感謝を捧(ささ)げます。

神津穂民

ダッシュエックス文庫

異世界ラクラク無人島ライフ
～クラス転移でクラフト能力を選んだ俺だけが、
美少女たちとスローライフを送れるっぽい～

神津穂民

2024年11月30日　第1刷発行
2025年 3 月29日　第2刷発行

★定価はカバーに表示してあります

発行者　瓶子吉久
発行所　株式会社　集英社
〒101−8050　東京都千代田区一ツ橋2−5−10
03(3230)6229(編集)
03(3230)6393(販売／書店専用)　03(3230)6080(読者係)
印刷所　TOPPANクロレ株式会社
編集協力　加藤 和

ISBN978-4-08-631578-4 C0193